AF209365

Ist der Frühling schon angekommen

FSC
www.fsc.org

MIX

Papier aus ver-
antwortungsvollen
Quellen
Paper from
responsible sources

FSC® C105338

Ist der Frühling schon angekommen

Trường Hà Vũ Toại

ROMAN

IST
DER FRÜHLING
SCHON
ANGEKOMMEN?

Ist der Frühling schon angekommen

Trường Hà Vũ Toại

IST
DER FRÜHLING
SCHON
ANGEKOMMEN?

Ausgabe 2

2023

© Urheberrecht

Urheberrecht vom Autor vorbehalten

Das Urheberrecht liegt beim

Autor Trường Hà Vũ Toại

© 2024 Toai Vu Duy
Herstellung und Verlag:
BoD – Books on Demand, Norderstedt
ISBN: 9783758301094

Ist der Frühling schon angekommen

Worte des Autors:

Wie üblich möchte der Autor darauf hinweisen, dass der Inhalt der Geschichtensammlung ein Produkt der Fantasie ist.

Alle Zufälle liegen außerhalb der Absicht des Autors.

Daher übernimmt der Autor keinerlei Verantwortung für die Inhalte dieser Geschichtensammlung.

Autor:

Vũ Duy Toại,

Pseudonym: Trường Hà Vũ Toại

DANKSAGUNG

Herzlicher Dank geht an die Lebenspartnerin des Autors, Maria Vu Duy Thi Niem (Nguyen Thi Niem)

schuf die Voraussetzungen für den Autor, diese Sammlung von Geschichten zu vervollständigen.

Zusammen mit meinen Kindern Yen-Ngan und Minh-Khoa bin ich sehr berührt von ihrer Unterstützung bei der Fertigstellung der Arbeiten.

Seit meiner Jugend träume ich von Literatur und Kunst.
Besonders danke ich meinen Kindern, dass sie mir erlaubt haben, ihre Kunstwerke als Cover für meine Werke, insbesondere ihre Gemälde, zu verwenden.

Vu Nguyen Yen-Ngan, Vu Duy Minh-Khoa,...

Trường Hà Vũ Toại

Ist der Frühling schon angekommen

IST DER FRÜHLING SCHON ANGEKOMMEN?

Trường Hà Vũ Toại

Als sie hörte, wie die Vögel wie Musik zwitscherten, um einen warmen, sonnigen Morgen hinter dem Haus zu begrüßen, eilte Ly zum Fenster und schaute hinaus. Als Ly die beiden Fenster öffnete, um die Morgenwärme in Lys Zimmer strömen zu lassen, sah er, wie die volle Sonne die Zweige und den angrenzenden Garten bedeckte.

Die Vögel, darunter viele Spatzen, fliegen vor Lys Augen umher und erzeugen ein lebendiges Bild.

Plötzlich wollte Ly singen, als wollte sie diese wundervollen Szenen in ihre Seele aufnehmen.

Ly schwieg jedoch, denn als sie von oben auf die Straße blickte, sah sie ein aschgraues Auto auf ihr Haus zufahren.

Dieses Auto war Ly nicht vertraut, denn obwohl sie versuchte, sich daran zu erinnern, hatte sie immer noch keinen Eindruck davon.

Dann hielt das Auto direkt vor Lys Haus.

Aus der Kutsche stiegen ein Mann in den Dreißigern und eine Frau in den Dreißigern, aber

sieht sehr schön aus.

Ly war erschrocken, als ein seltsamer Gast ins Haus kam. Was ist los. Wer kommt?

Auf der Suche nach wem?

Ly eilte nach unten und hörte die Geräusche und das Treiben.

Grüße von ihren Eltern. Die Stimme von Lys Bruder ist am lautesten, sodass er jede Stimme deutlich hören kann:

- Ich grüße dich, Tante und Onkel

- Ist das Vinh? Nun, du siehst reifer aus als zuvor

viel.

Vinhs Stimme, sie lachte:

- Danke, Tante, ich würde es nicht wagen, du bist noch so jung wie damals.

- Oh, schau, dein Sohn ist keinem anderen unterlegen. Oh schau, es ist Ly, hey, er ist schon wirklich hübsch.

Ly ging immer noch die Treppe hinunter, als ihre Eltern hastig vorstellten:

- Sag Hallo zu Onkel und Tante Lan.

- Hallo, Tante und Onkel.

Ly schaute in die Gesichter der beiden Menschen und war etwas misstrauisch, sie musste sie schon einmal getroffen haben.

Die Stimme ihrer Mutter unterbrach ihre Gedanken:

- Ich wusste nicht, dass es richtig war. Onkel und Tante Lan gingen zur Arbeit nach Saigon

Das ist jetzt zehn Jahre her.

Früher haben meine Tante und mein Onkel auch gelegentlich mein Haus besucht, das ist überhaupt nicht verwunderlich.

Lasst uns euch zunächst ausruhen.

Anschließend aß die ganze Familie gemeinsam zu Mittag.

Während des Essens sah Ly, wie ihr Onkel und ihre Tante Lan fröhlich mit ihren Eltern plauderten.

Plötzlich fragte Tante Lan ihre Mutter:

- Übrigens, wie weit studiert Ly jetzt? Hast du einen Job?

- In letzter Zeit war er zu Hause und hat mir beim Putzen und Kochen geholfen, das ist alles.

Ly sah, wie sich die Augen ihrer Tante vor Überraschung weiteten, als sie ihre Eltern ansah:

- Warum lässt du ihn nicht weiter lernen?

Erst jetzt sah Ly, dass die Gesichter ihrer Eltern nicht mehr glücklich waren. Lys Vater sprach mit tiefer Stimme und leise:

- Meine familiäre Situation ist etwas schlecht, Tante, ich habe einen Neffen, der mir bei der Hausarbeit hilft, damit ich die Schulkosten finanzieren kann.

Schließlich seufzte er nur und blickte hinaus in den Hof.

Es gab ein paar kleine Vögel, die tanzten.

Ly sah, wie ihre Tante und ihr Onkel Lan traurig aussahen, nachdem sie die Klage ihres Vaters gehört hatten.

Als ich Onkel Lan mit einem Glas Wasser im Mund sah und es nie losließ, blickte er ausdruckslos in den Himmel. Ich weiß nicht, was er berechnete oder dachte?

Eigentlich liegt es daran, dass Ly nicht viel über die Situation ihrer Familie weiß.

Ich weiß nur, dass Ly ihre Mutter seit mehr als einem halben Jahr nicht mehr so glücklich gesehen hat wie zuvor.

Sie fragte nicht viel, weil sie sah, dass ihre Eltern immer über ihr Geschäft flüsterten, sagte es Ly aber nie.

Lys älterer Bruder Vinh macht sich nur Sorgen um seine Auftritte.

Da er Schauspieler ist, ist sein Leben eng mit der Bühne und dem Theater verbunden.

Das Geld, das er verdient, hilft ihm, ein eigenständiges Leben zu führen. Um Vinh müssen sich Lys Eltern keine großen Sorgen machen, denn Ly hörte ihn einmal zu ihren Eltern sagen:

- Mama und Papa, macht euch keine Sorgen um mich, ich habe genug zum Leben.

Allerdings sind Lys Eltern immer noch besorgt, sich vollständig um ihren Bruder Vinh zu kümmern, denn als Eltern wird niemand seine Kinder im Stich lassen, auch wenn sie erwachsen sind.

Jetzt, vor Lys Tante und Onkel Lan, wird die Angelegenheit klar aufgedeckt.

Ihre Eltern hatten kein Glück gehabt, mit Menschen Geschäfte zu machen.

Ly begrüßte ihre Eltern, Tanten und Onkel, zog sich dann nach oben ins Bett zurück und legte sich zum Nachdenken hin, damit die Erwachsenen unten reden konnten.

Ly hätte nicht erwartet, dass dieses Gespräch Lys Leben in eine so wichtige Wende gebracht und das Leben eines zwanzigjährigen Mädchens verändert hatte.

An diesem Morgen wachte Lily sehr früh auf. Es war etwas mehr als acht Uhr, als Ly das Haus verließ.

Gehen Sie gemäß den Anweisungen ihrer Mutter zur Marktstraße in der Nähe des Hoan-

Kiem-Sees und biegen Sie dann ein paar hundert Meter nach links ab, um zu einer Reihe von Geschäften zu gelangen.

Mutter sagte Ly vorsichtig, er solle den dritten Laden am Anfang der Straße gegenüber von Lys Weg betreten.

Da war eine Person, die ein braunes Hemd trug, einen schwarzen Stock in der Hand hielt und einen Hut mit Blumen und Blättern trug und auf Ly wartete.

Ly folgte den Anweisungen zum Ort, das Restaurant war überfüllt, also zögerte Ly.

Der Laden hat Tische und Stühle im Hof, daher weiß Ly nicht, ob er hineingehen oder draußen warten soll.

Also wartete Ly, bis die Sonne aufging, dann war sie sowohl deprimiert als auch enttäuscht.

Ly begann Müdigkeit zu verspüren, begleitet von einem Knurren im Magen.

Trotzdem wartete Ly weiter darauf, ob jemand kommen würde, um sie zu finden. Vielleicht haben die Leute etwas versprochen und dann aufgegeben?

Der Ladenbesitzer rannte einfach raus und kam dann mit einem Blick in den Augen zurück in den Laden, als würde er Ly fragen, ob sie etwas bestellen müsste. Die Nachmittagssonne begann auf der Straße vor dem Laden zu verblassen und der Wind wehte sanft durch Lys Haar. Plötzlich verspürte Ly ein Frösteln. Als Ly zum Himmel blickte, sah er, wie sich dunkle Wolken zusammenzogen, als ob ein Sturm aufziehen würde.

Sie war entmutigt, stand auf und beschloss zu gehen und nach Hause zu gehen und der Geschichte ihren Lauf zu lassen. Ly dachte bei sich, es ist nichts schief gelaufen. Der bevorstehende Weg wird sicherlich viele Dornen haben.

(…)

Ly folgte sorgfältig den Anweisungen ihrer Mutter und begab sich erneut zum Treffpunkt. Diesmal ist es nicht die Bar vom letzten Mal. Ly kam an einem sonnigen Nachmittag am Treffpunkt an, aber es regnete auch nicht. Es war ein indischer Tempel, in den Ly eingewiesen und ihr den Weg gezeigt wurde. Zu dieser Zeit waren die Besucher des Tempels nicht spärlich, aber auch nicht zu überfüllt.

Wenn es nur darum gehe, einen Termin zu vereinbaren, sei es laut Ly auch ideal, sich über vorgegebene Schilder zu finden.

Ly fand eine Bank im Tempel und blickte geistesabwesend auf die Pilger, die im Tempel Zeremonien abhielten. Der Geruch der Ritualinstrumente wehte sanft in Lys Nase. Nun, es ist eine Stunde her, warum haben wir noch keine Neuigkeiten gesehen? Ly schaute vage aus dem Fenster, Leute gingen vorbei, da waren auch alte Männer und Frauen, viele Jungen und Mädchen. Wer wird Ly hier finden? Alt oder jung?

Ly wartete ruhig weiter.

Das Mittagssonnenlicht wurde für Ly plötzlich grell. In diesem Moment dachte Ly plötzlich an die Quelle, die zu den Vorbereitungen für Lys Abreise geführt hatte. Ly wusste nur vage, dass ein Bekannter vorgestellt wurde, und von da an wurden Lys Tante und Onkel Lan vorgestellt.

Es wird gesagt, dass Lys Onkel und Tante Lan ebenfalls Schwierigkeiten hatten, von dieser Einführung zu erfahren. Hinzu kommt der Preisunterschied zwischen beiden Seiten. Ly hörte einmal, wie ihre Mutter die Geschichte erzählte, wonach ihr Onkel und ihre Tante Lan sagten:

- Sie haben den Preis zu hoch angesetzt, wie kann ich mir das leisten? Die empfehlende Partei ist ein vertrauter Ort, daher hat sie der anderen Partei auch gesagt, dass sie uns einen Rabatt gewähren soll.

Lys Vater ist verträumt. Der Verlust führte dazu, dass er seine gewohnte Klugheit und Weisheit verlor. Deshalb ließ er Lys Mutter mit Onkel Lan über die finanziellen Bedingungen und Lys Weg aus Vietnam sprechen.

Mutter sagte zu Ly:

- Sie müssen von Hanoi aus fliegen.

- Wohin gehst du, Mama? Ly fragte mehr.

- Sieht so aus, als ob Sie nach Europa fliegen sollten.

Lys Mutter antwortete Ly. Damals warf Onkel Lan ein:

- Das ist es nicht, Schwester. Sein Neffe wird zuerst die russische Hauptstadt überfliegen. Dann kümmert sich die Linie um die Abholung und das sorgfältige Handeln bis zum Zielort.

Lys Mutter sagte lässig:

- Wenn sie darauf geachtet haben, müssen sie Rücksicht nehmen.

Ein Windstoß wehte Ly ins Gesicht und ließ Ly aufwachen.

Plötzlich kam ein junger Mann an ihrem Platz vorbei und sah Ly mit ungewöhnlichen Augen an. Ly dachte zweifelnd:

- Oder ist es mein Date?

Aber dann ging diese Person, ohne sich umzusehen. Erst dann wusste Ly, dass er nicht ihr Date war.

Ly war müde und stand auf, um wieder zu gehen.

In diesem Moment hörte Ly eine Stimme, die zu Ly sagte:

- Wenn du etwas Gutes willst, gib es hier.

Ly sah verwirrt aus und sah einen alten Mann in den Fünfzigern, der mit einem Stock ging.

Wie ein Geist blickte Ly ihn aufmerksam von Kopf bis Fuß an. Sein Kopf war mit einem Hut aus Blumen aller Art bedeckt. Er trug Militärgewänder wie ein Mönch, sowohl seine Hose als auch sein Hemd waren braun.

Plötzlich verstand Ly, erkannte, wer diese Person war, also ging sie hinüber, um ihm ein kleines Päckchen zu geben, darin befand sich das Geschenk, das ihre Mutter ihr gesagt hatte.

Er benutzte ein Signal, um mit Ly zu sprechen.

Danach ging Ly direkt nach Hause, es war schon nach Mittag, Ly machte sich Sorgen, sich auf das Kochen vorzubereiten, weil Lys Eltern weg waren und Lys Magen knurrte, nachdem er mehrere Stunden in der Sonne gestanden hatte.

Als Ly sich an das Treffen heute Morgen erinnerte, war sie äußerst nervös und besorgt, weil Ly wusste, dass ihre Mutter ein Netzwerk kontaktiert und mit ihm verhandelt hatte, das sich auf die Organisation von Menschen spezialisiert hatte, die ins Ausland gingen, um dort zu arbeiten.

Der Mann, den Ly heute Morgen treffen wollte, war auch Mitglied der Organisation, die Lys Reise organisiert hatte: Als sie diesem Mann ihr Foto gab, um ein Passbuch für eine Reise ins Ausland anzufertigen, stolperte und fiel Ly aus großer Sorge, als sie ihr vorausging von ihm.

Der Mann in brauner Kleidung hielt Ly einen schwarzen Stock hin, um ihn hochzuheben. Zu diesem Zeitpunkt verspürte Ly keinen Schmerz, sah aber die kalten Augen des Mannes. Ly streckte die Hand aus, berührte den Kratzer an ihrem Knie und murmelte:

- Ich war noch nie irgendwo, ich war in Gefahr, ich weiß nicht, was morgen passieren wird?

Ly ließ das Gespräch mit ihren Eltern an diesem Tag über Lys Abreise nach Europa noch einmal Revue passieren.

Auch die Konditionen der Organisation sind für Lys Eltern attraktiv: Die Reiseorganisation akzeptiert nur dann Geld, wenn Ly in ein europäisches Land reist.

Im Gegenzug musste ihre Familie viel Geld zahlen, aber Ly selbst wusste nicht, wie viel.

Der Geldbetrag, der Ly ermöglichte, ins Ausland zu gehen, wurde größtenteils von Onkel Lan getragen.

Lys Eltern haben kein Geld mehr, um für Ly zu sorgen und ins Ausland zu gehen, um dort zu arbeiten. Die Leute versprechen alles Mögliche, nämlich als Scherz ins Ausland zu gehen, um Geld zu verdienen, und das in einigen Ländern verdiente Geld wird von „Durou" berechnet.

in weniger als einem Jahr eine Silbermillion in Vietnam.

Unterdessen brauchen auch Lys Eltern Geld, um ihre Schulden zu begleichen. Es sind Lans Tante und Onkel

Ly scheint auch nicht in der Lage zu sein, ihren Eltern bei der Begleichung der Schulden zu helfen, sondern leiht sich lediglich Geld, damit ihre Eltern sich um Ly kümmern und ins Ausland gehen können.

Ly war verblüfft, als sie darüber nachdachte, getrennt von ihren Eltern und ihrem Bruder Vinh zu leben.

Gott, wie kann ich das ertragen? Lily spürte, wie sie weinte. Ich muss versuchen, Arbeit zu opfern, um Geld zu verdienen und meinen Eltern zu helfen.

Aber warum hilft Herr Vinh nicht seiner Familie, sondern kümmert sich nur um Tanzen und Singen? Und wem schulden Eltern Geld?

Was machen oder handeln deine Eltern?

Ly weiß auch, dass ihr Vater oft gut gekleidete Gäste empfängt

Kleidung, gepflegte, gerade Kleidung.

Sie sprechen oft mit ihrem Vater

Sie sagte nur ein paar Sätze, dann gingen alle hinaus, sodass Ly nicht mehr über die Arbeit ihres Vaters wusste.

Jeden Tag sah Ly, dass ihre Eltern in geschäftlichen Angelegenheiten sehr verschwiegen waren und sie daher nichts fragen durfte.

Als Ly einmal versuchte, ihre Mutter nach der Familiensituation zu fragen, als nur noch Mutter und Tochter im Zimmer waren, hörte Ly nur, wie ihre Mutter sagte:

- Wir kümmern uns trotzdem darum.

Und gleich darauf folgte Mutters Seufzer, und gleichzeitig blickten Mutters Augen irgendwo in die Ferne. Ly folgte den Augen ihrer Mutter und sah vor dem kleinen Fenster nur einen Raum mit vielen weißen Wolken. Der Wind bewegte sanft die Bäume.

- Wenn Sie Kinder haben, die den Eltern helfen, ist das in Ordnung. Dann sprach Mutter sanft mit Ly.

Als Ly das sah, wollte sie ihre Mutter nicht in Schwierigkeiten bringen.

Eigentlich träumt Ly nur davon, wie einige ihrer Freunde weiter zu lernen. Der Traum, mein Lehrer zu werden

Ly ist immer noch in meinem Kopf. Wenn ich Lehrer wäre, könnte ich meinen Eltern immer noch helfen! Ly schürzte die Lippen und seufzte.

Es ist wirklich wunderbar, sich das Bild vorzustellen, wie ich auf dem Podium für die Kinder stehe. Das war Lys Traum seit ihrer Kindheit. Ly schaute den Lehrern immer still beim Unterrichten zu und stellte sich vor, dass sie Feen wären, die vom Himmel herabkamen, um den Kindern auf dieser Erde Freude zu bereiten.

Aber jetzt muss ich mich der bitteren Realität stellen.

Ly wurde allmählich klar, dass es nicht möglich ist, das Leben zu führen, das man sich wünscht.

Es hängt von vielen weiteren Dingen ab. Aber wir müssen auch einen Weg finden, das Ziel zu erreichen, das wir wollen, manchmal sind wir frustriert und straucheln.

Diese Dornen stellen die Herausforderungen des Lebens dar. Als sie in der Schule war, hörte Ly, wie ihre Lehrer so unterrichteten.

Jetzt brauchen ihre Eltern und zwei Eltern Lys Unterstützung, also kann ein schwaches und kleines Mädchen diese nur akzeptieren. Ly und ihre Eltern besorgten Kleidung, die sie mit auf die Reise nehmen konnten, um den Weg für die Zukunft zu ebnen

dieser Hybrid...

Lys Eltern begleiteten sie an dem Tag, als Ly das Land verließ, zum Flughafen.

Erst mehr als zehn Tage später erfuhr Ly ihr Abreisedatum. Obwohl es Frühherbst war, war es immer noch sonnig.

Der Wind wehte laut und wehte allen durch die Haare.

Der Weg zum Flughafen erschien Ly zu kurz. Sie wollte nur, dass die Zeit einfriert, damit sich ihre Abreise verzögert, aber das würde der Arbeit ihrer Eltern nur noch mehr schaden.

Ly glaubt es.

Ihr Vater sah seine Tochter mitfühlend an und seufzte nur mit kurzen, wiederholten Worten:

- Seien Sie am besten sehr vorsichtig

- Ja.

Als sie wie von der Organisation angewiesen am Treffpunkt ankam, sah Ly vier weitere Personen mit dem Führer stehen.

Ihre Mutter sagte ihr, er würde mit ihr dorthin gehen.

Der Moment der Trennung war so traurig.

Mama umarmte Ly fest und vergoss Tränen. Sie schluchzte:

- Eltern verletzen nur ihre Kinder. Bitte verstehe deine Eltern, Kind.

Ly umarmte ihn fest, musste ihn dann aber loslassen.

Ly sah die roten Augen ihrer Mutter, als würde sie weinen. Ein Mann mit der Aufgabe, den Weg zu weisen, näherte sich der Mutter und der Tochter und sagte kalt:

- Hier ist Ihr Reisepass, wir müssen gehen.

Ly war immer noch verwirrt, als die Leute, die zusammen gingen, Ly ansahen, sagte der Mann leise zu Ly:

- Der Name im Buch ist eine andere Person. Wenn Sie danach gefragt werden, müssen Sie Ihren Namen nennen ... Merken Sie sich ihn gut, sonst ist alles ruiniert.

Dementsprechend erfuhr Ly, dass das Bild im Reisebuch oder Reisepass von Ly stammte, der Name jedoch eine andere Person war.

Ly erinnert sich noch daran, wie Onkel Lan ihren Vater anrief.

Er schürzte nur die Lippen und sagte nichts mehr, als er in den Suchbereich ging, um Koffer und Gepäck zu wiegen.

Plötzlich drehte sie sich zu ihrer Mutter um und sah, wie sie Brot kaufte, damit Ly es mitnehmen konnte.

Lys Geist war zu dieser Zeit wie ein seelenloser Mensch. Geistesabwesend umarmte sie ihre Mutter erneut und flüsterte:

- Hallo Eltern, Sie müssen auf Ihre Gesundheit achten.

Zu den vier gemeinsam reisenden Personen gehören zwei junge Männer, die anderen beiden sind junge Mädchen

Die Arbeit scheint viel größer zu sein als Ly. Da sie sich keine allzu großen Sorgen machten, schienen sie sich vor dieser langen Reise sehr sicher zu fühlen.

Ly fühlt sich natürlich jedem näher als zuvor.

Der älteste junge Mann sah Ly an, lächelte und sagte:

- Machen Sie sich keine Sorgen, wenn Sie dort ankommen, wird Sie jemand begrüßen. Alle Arbeiten sind erledigt.

Dann stellte er sich vor:

- Ich bin Minh, wir helfen uns gegenseitig.

Ly sagte auch Hallo und sagte nichts mehr, nur ein leises Ja. Ly glaubt, dass es sich hierbei um eine Person in der Organisation handeln könnte, in einem Netzwerk, das Menschen zur Flucht ins Ausland führt. Denn normalerweise muss jeder auf sich selbst aufpassen und den anderen nicht viel Aufmerksamkeit schenken. Insbesondere wenn sie eine Organisation haben, die Menschen mit vollständigen Exportpapieren ins Ausland schickt, müssen sie alle Schritte kennen. Ich habe nicht mehr genug Energie, mir darüber Sorgen zu machen, es ermüdet mein Gehirn.

Während Ly darüber nachdachte, drehte sie sich um und schaute hinter die große Halle des Flughafens, in der Hoffnung, ihre Eltern zu sehen. Das sind Lys zwei engste Verwandte auf dieser Welt, aber Ly hätte nie daran gedacht, diese beiden Eltern zu verlassen.

Es ist so ironisch und ironisch über das Leben. Die Leute sagen immer noch, dass das Leben von Natur aus ein Schicksal ist und niemand es ändern kann. Wie könnte Ly etwas anderes tun, wenn alles ein von Gott vorherbestimmtes Schicksal wäre?

Der Flughafen ist derzeit sehr überfüllt, Menschen, die kommen und gehen, drängen sich in dem kleinen Bereich des Flughafens. Deshalb konnte Ly ihre Eltern nicht mehr sehen. Plötzlich schrie Ly leise in ihrem Mund:

- Vater, Mutter.

Und dann flossen zwei Tränen über Lys brennende Wangen.

Nachdem alle Formalitäten erledigt waren, forderte der Reiseleiter alle auf, sich darauf vorzubereiten, ihm zum Flugsteig zu folgen.

Platzte Ly heraus:

- Es ist noch früh.

Sie will ihre Eltern immer noch nicht verlassen. Aber er hielt den Kopf gesenkt und ging geradeaus. Ly winkte ihren Eltern zum Abschied und verschwand hinter der Sicherheitstür des Flughafens.

Obwohl sie Vietnamesen waren, als sie im selben Flug saßen, redeten die Leute, die mit Ly reisten, während der Reise nicht viel. Ly war müde und konnte kaum einschlafen, während Minh sich immer wieder zu Ly umdrehte, um zuzusehen.

Er hatte vor, alles für Ly zu erledigen, was Ly überraschte.

Immer wenn das Flugzeug eine Druckveränderung erlebte, wandte er sich an Ly und sagte ihr:

- Keine Angst, das Flugzeug fliegt nur tief.

Ly schloss fest die Augen und träumte. Obwohl sie ihr Bestes gab, war Ly immer noch schwindelig und hatte manchmal das Gefühl, so sehr enttäuscht zu sein, dass sie ihre Toleranzgrenze verließ. Ly dachte bei sich, vielleicht war sie schon lange nicht mehr im

Flugzeug, also ist ihr Körper nicht an Höhenunterschiede gewöhnt.

Als Ly aus dem kleinen Fenster des Flugzeugs blickte, sah er dunkle Wolken, die einen Bereich des Himmels bedeckten.

Als Ly und der Rest der sechsköpfigen Gruppe ausstiegen und den Flughafen verlassen wollten, sagte der Reiseleiter:

- Meine Mission hier ist beendet. Ich werde dich zu jemandem bringen, der dich abholt. Die Betreuung der Geschwister erfolgt weiterhin durch das Programm, die mitgebrachten Unterlagen müssen der Abholperson zurückgegeben werden.

Denken Sie daran, Ihre Papiere nicht zu verlieren

etwas Schlimmes passiert.

Minh fragte sofort:

- Aber wir brauchen Papiere, um später hier leben zu können. Warum es jemand anderem geben?

- Woher weiß ich bei so vielen Fragen, wer die Antwort hat?

Ich bin nur ein winziger Teil der Organisation.

- Bitte fragen Sie nicht. Ich weiß nur, dass man in Zukunft, wenn jemand nach Einzelheiten über mich fragt, es mir nicht sagen soll, sonst wird man sterben und aufs Land zurückgejagt oder ins Gefängnis geschickt.

- Wie meinst du das?

- Oh, was ist los, dumme Frage, ich habe nur so viel Geld, das ist alles, was ich sagen kann.

Dann verließ er den Flughafen und schüttelte einem fremden Mann die Hand.

Als er diese Person sah, sagte niemand etwas, weil es sich um einen Westler mit dickem Bart und Haaren handelte.

Die Augen sind hell, aber wild und grausam. Ly zitterte plötzlich, als sie an ihre Zukunft dachte.

- Wo ist das? fragte die Stimme des Mädchens, das Ly begleitete.

- Dies ist die Hauptstadt Russlands. Bestimmt hat jeder von Mat gehört, oder?

Niemand antwortete.

Dann begrüßte der westliche Mann jede Person auf Vietnamesisch, was die gesamte Gruppe überraschte und erstaunte.

Der Pilot im Flugzeug sagte ein paar Worte zu dem Westler, drehte sich dann um und sagte:

- Jetzt folgt ihr dem westlichen Mann. Ich habe meine Mission erfüllt.

Der Westler holte Lys Gruppe in einem kleinen Bus mit dunkler Farbe ab.

Das Auto hat viele Glasfenster, aber mit angebrachten Schildern

Es ist sonnig und wenn man ins Auto steigt, kann man draußen nicht alles sehen.

Das Wetter in der russischen Hauptstadt war kühl, obwohl es Mittag war.

Sonnenschein ist selten, da der Himmel bedeckt und mit grauen Wolken gefüllt ist, die scheinbar auf den Boden herabsinken.

In der Ferne sind die Gipfel der Architektur aus den Häuserzeilen aller Bauarten, neu, alt und alt, zu erkennen.

Die Häuserreihen sind in einer antiken Form mit kreisförmigen Dächern mit spitzen Spitzen gebaut und die Backsteinmauern bestehen größtenteils oder vielmehr fast ausschließlich aus rotem Backstein.

Die Bilder roter Backsteinhäuser kontrastieren mit dem blauen Hintergrundhimmel.

Ly rief plötzlich aus:

- Wow, das ist seltsam.

Denn Ly hört immer noch, dass Russland als ein kaltes Land auf der Nordhalbkugel beschrieben wird. Ich habe gehört, dass es immer kalt ist. Aber jetzt fühlt sich Ly ganz anders, der Himmel ist sonnig, blaue Wolken vermischen sich mit weißen Wolken und bilden einen Kontrast zu den leuchtend roten Villen.

Ly betrachtete den Roten Platz als den Ort, an dem sich die Macht der ehemaligen Sowjetunion konzentrierte, und nun ist er nach Lys Verständnis das Zentrum der neuen Russischen Föderation, die in den 1990er Jahren unter der Führung Russlands gegründet wurde.

Plötzlich lächelte Ly allein im Auto, weil sie sich an die Geschichte erinnerte: Vor nicht allzu langer Zeit gab es einen berühmten Tennisspieler, der es wagte, alleine ein Privatflugzeug zu fliegen und genau dort zu landen. Der Rote Platz ist ein Ort, von dem man sagt, dass er es ist Seien Sie äußerst vorsichtig.

Damals war die öffentliche Meinung laut, weil die Menschen nicht verstehen konnten, wie das Luftverteidigungssystem des russischen Luftraums es fremden Flugzeugen ermöglichte, in einen so sorgfältig geschützten Luftraum einzudringen. Es ist wahr, dass auf dieser Welt, unter der Sonne, nichts absolut ist.

Ly erinnert sich noch daran, dass der Flugzeugpilot erklärte, er wolle berühmt werden, um später in die Politik einzusteigen.

Die Geschichte zeigt, dass Russland seit langem ein führendes Imperium in einer großen Region mit vielen Ressourcen ist.

Vielleicht ist Russland deshalb reich an Goldminen, Diamanten, Öl- und Gasminen und verfügt über unbegrenzte Macht über die umliegenden Länder.

Ly sah einige Kunden auf der Straße, die Regelmantel trugen, wie in den internationalen Filmen, die sie während ihrer Zeit in Vietnam gesehen hatte.

Sie gingen im hellen, goldenen Sonnenlicht am Fluss entlang

Vor der Farbe der Hochhausstraßen verdeckten die Wolkenkratzer die vorbeiziehenden Wolken.

Die Neugier auf die neue Welt begann in meinem Kopf zu erwachen.

Doch Ly wurde wach, als er ihn laut Vietnamesisch sprechen hörte:

- Hat jemand Hunger? ich bin schwanger

Bringen Sie Brot und Wasser für alle mit.

Vielleicht liegt es daran, dass ich im Flugzeug gegessen habe

Niemand nahm das Brot an, das der westliche Mann anbot. Der Europäer fügte hinzu:

- Wir hätten auf die Ankunft eines weiteren Fluges warten sollen, aber dieser Flug hatte Verspätung, also lasst uns jetzt gehen.

Also drehte er das Auto um, nachdem er die Koffer in das Auto geladen hatte. Das Auto fuhr auf unebenen Straßen, so dass es stark schwankte, sodass alle mit dem Auto umkippten. Zu dieser Zeit regnete es nicht, daher war die Straße nicht so schlecht, dass es für Autos schwierig wäre, weiterzufahren.

Nach einer Weile klagte jemand über Übelkeit und wollte sich übergeben.

Der alte Mann reichte die Papiertüten und rief:

- Warum bist du so verliebt? Dann murmelte sein Mund etwas, das Ly nicht klar hören konnte.

Ly dachte bei sich: Diese Organisationen haben den Leuten das Geld weggenommen und sind immer noch verärgert.

Seitdem schwieg Ly einfach und wagte nicht mehr, sich zu beschweren.

Entlang der Ly Street, wenn man die Bäume auf beiden Seiten der Straße betrachtet, gibt es viele Zweige mit leuchtend gelben Blumen, die wie das goldene Sonnenlicht im Morgengrauen aussehen.

Das Auto fuhr etwa einen halben Tag, bis es eine Gegend erreichte, die einem kleinen Dorf ähnelte. Danach fuhr das Auto weiter, bis es etwas dunkel wurde, und fuhr dann in einen Wald mit vielen Bäumen ein. Ly hörte auch die seltsamen Geräusche der im Wald lebenden Tiere.

Das Auto rollte jedoch weiter. Ein paar Stunden später regnete es ziemlich stark. Der Wald war dunkel und düster, die Lichter des Autos leuchteten hell auf die Straße und beleuchteten deutlich den weißen Regen vor dem Auto.

Ly hörte ein paar Leute vor sich, die miteinander redeten, dass sie gleich die Grenze erreichen würden. Ly konnte die Landesgrenze nicht hören, wusste aber nur, dass die Leute aus ihren Autos aussteigen und wieder zu Fuß gehen müssten.

Und dann kam auch noch dieser Moment: Ly und alle mussten aus dem Auto aussteigen, um weiterzulaufen, obwohl es regnete und der Wind zu stark wehte, sodass Ly bei den beiden Frauen in der Gruppe bleiben musste.

Die Gruppe wanderte weiter in der dunklen Nacht mit der winzigen Taschenlampe des Führers, der Vietnamesisch sprach.

Schon nach wenigen Kilometern wurde die Straße uneben und der Boden sowohl rutschig als auch steinig, sodass beim Betreten Geräusche entstanden.

Plötzlich ertönte in der leeren Nacht ein Schrei, der dazu führte, dass die ganze Gruppe ihre Seele verlor und nichts verstand. Eine vietnamesische Stimme ertönte im Dunkeln:

- Tot, elend, jemand ist in ein Loch in der Straße gefallen.

Dann eilten die Führer zur Arbeit, um den Opfern zu helfen. Die ganze Gruppe wurde mitten in der Nacht angehalten. Der Wind war relativ nicht so stark wie damals, als ich aus dem Auto stieg, aber er reichte aus, um Ly jedes Mal zum Schaudern zu bringen, wenn der Wind wehte. Ly stand zusammengekauert da.

Auch die Erste Hilfe bei Stürzen mitten auf der Straße nimmt viel Zeit in Anspruch, da das Opfer Schmerzen im Schienbein hat und daher vorübergehend behandelt werden muss.

Einer der Führer forderte alle auf, ruhig zu bleiben.

- Wir machen weiter.

Dann seufzte er:

- Dieser Teil der Straße hat selten Löcher. Warum bin ich heute in so ein Loch gefallen?

Die Klage von Herrn Ly war deutlich zu hören, jedes Wort. In seiner Stimme klang ein wenig Wut über das, was heute Abend passiert ist.

Er fügte außerdem hinzu, dass er Glück gehabt habe, dass er sich außerhalb des gefährlichen Bereichs befunden habe, da es sonst zu gefährlich gewesen wäre, wenn es wilde Tiere und Menschen gegeben hätte.

Die drei Worte, Liebling, streckte er in die Länge und klang so traurig. Niemand traute sich, weiterzudenken. Wenn es außerdem wilde Tiere gibt, kann zu diesem Zeitpunkt niemand etwas unternehmen. Das dachte Ly bei sich.

„Wer wagt es, in einer dunklen und einsamen Nacht wie dieser den Mut zu haben, herauszuspringen und sich wilden Tieren zu stellen?

Vielleicht hat er es einfach so gesagt, als würde er an die Menschen denken, mit denen er zusammen war. Vielleicht dachte er nur an das Geld, das er gewinnen würde, wenn die Gruppe einen sicheren Ort erreichen würde."

Ly schaute zu der Person, die in das Loch gefallen war und sich am Bein verletzt hatte.

Zu diesem Zeitpunkt dämmerte es bereits ein wenig, so dass man noch ein wenig umhersehen konnte, wenn auch nur sehr schwach.

Ly sah ein paar Leute, die zu den Ästen am Straßenrand gingen, als suchten sie etwas.

Nach Angaben der Menschen wollen sie einen Weg finden, vorübergehend Äste in das Bein der verletzten Person zu pfropfen, damit sie vorübergehend gehen kann. aber er klagte über Schmerzen und konnte sich nicht alleine bewegen.

Daher war es schwierig, ihn zu zweit an den Achseln tragen zu lassen.

Die Menge musste herumstampfen, weil sich einige Leute die Füße verletzten. Alle stöhnten und seufzten unter der kalten, nebligen Nacht auf der fernen Lichtung, die sich in den Himmel eingeprägt hatte. Überraschenderweise berichtete jemand aus der Gruppe, dass er ein Spray mitgebracht hatte, um die Wunde zu kühlen. Die Tatsache, dass die Wunde gekühlt wurde, um Schmerzen vorzubeugen, war für ihn eine große Hilfe.

Er klagt nicht mehr über Schmerzen.

Daher setzte die Gruppe nach etwa einer halben Stunde Ruhe ihren Weg fort.

Als Ly die Nöte der Gruppe sah, verspürte sie plötzlich Schmerzen und schrie in ihrem Herzen:

- Oh Mama und Papa, warum leide ich so?

Dann betete Ly leise für ihre Ankunft.

Die Regentropfen ließen nach und der Wind ließ nach, sodass die Gruppe eine ganze Strecke zu Fuß zurücklegte und dann im

Morgengrauen einen Ort mit einem Auto fand, an dem sie sie abholen konnte.

Dieses neu abgeholte Auto hat eine aschgraue Farbe und sieht neu aus, sodass das Auto recht ruhig fährt.

Das Auto fuhr durch die Felder, verließ das verlassene Gebiet und stieg auf die glatte und ebene Straße, sodass die ganze Gruppe gemeinsam aufatmen schien.

Die Person mit dem verletzten Bein schweigt immer noch. Vielleicht versucht sie, die Schmerzen zu unterdrücken, oder sie hat noch mehr kühlende Medikamente bekommen, um die Schmerzen zu lindern.

Ly wollte auf den Wald zurückblicken, durch den sie gegangen war, aber sie konnte ihn nur undeutlich sehen.

Dann rollte das Auto sanft über die asphaltierte Straße und fuhr nach und nach durch bewohnte Gebiete.

Als er durch die Windschutzscheibe von Fahrer Ly schaute, sah er nur ein paar verstreute einstöckige Häuser und vorbeifahrende Bauernhöfe. Das Auto schwankte fast eine halbe Stunde lang und blieb dann stehen. Ly war überaus glücklich, weil es mehr war, als sie ertragen konnte.

Jetzt habe ich Hunger und Durst.

Als das Auto vor einem alten zweistöckigen Haus in einer dünn besiedelten Gegend anhielt, dämmerte es bereits.

Lys Augen hatten nicht mehr die Kraft, mehr von der Szene um sie herum wahrzunehmen.

Ich bin so müde, meine Augenlider sind schwer und ich möchte einfach nur so tief und fest wie zu Hause auf dem weichen Bett schlafen.

Als er mit einer Gruppe Vietnamesen, die Ly begleitete, das Haus betrat, sah er zwei Leute im Haus herauskommen, um ihn zu begrüßen, einen Mann und eine Frau, die bereits ziemlich alt waren.

Als Ly dem Austausch und der Unterhaltung der beiden Seiten zuhörte, wusste er, dass dies ein vorübergehendes Gasthaus zum Übernachten war, damit er am nächsten Morgen weiter zur tschechischen Seite weiterreisen würde, nach Lys Verständnis war es Tschechien.

Je zwei Personen gehen in ein Zimmer, das Badezimmer wird gemeinsam genutzt.

Der Mann im Haus, der Onkel Sau hieß, erhob seine Stimme, als wollte er, dass jeder es hörte:

- Alle verabredeten sich, in einer halben Stunde gemeinsam das Abendessen zu servieren.

Als sie das hörten, waren alle ganz aufgeregt. Eine warme Mahlzeit zu haben war nach einer langen Reise von mehreren Tagen im Gefängnis ein Traum, warum sollte man das also nicht wollen?

Ly duschte schnell und zog sich um. Als sie fertig war, ging sie essen und sah Brot auf dem Tisch.

Oh mein Gott, schon wieder Brot, Aufschnitt und gebratener Reis mit Wurst.

Es ist okay, Ly ging zum Essen hinein, fühlte sich aber unruhig und verwirrt.

Während des Essens empfing Ly sechs Onkel

sagte, dass die Reise am nächsten Tag in die Tschechische Republik ginge und mit der Bahn und dem Kleinbus gereist sei.

Bei der Annäherung an die tschechische Hauptstadt werden wir in zwei Gruppen aufgeteilt, wobei jede Seite aufgrund der Vereinbarung der Organisation mit den in der

Gruppe reisenden Personen eine andere Richtung einschlägt.

Ly wagte es, Onkel Sau zu fragen:

- Onkel Sechs, hast du dort einen Job?

- Wahrscheinlich ja, wenn es übergeben wurde, muss es so sein.

Was ist Übergabe? Ly verstand nichts, aber Onkel Sau nahm geistesabwesend Medikamente

Die Blätter werden geräuchert und der Rauch wird freigesetzt, um hoch zu fliegen, als würde sie ihren Traum nutzen, um ihn in Nichts zu verschmelzen.

In dieser Nacht wurde Ly von seltsamen Geräuschen geweckt, sodass sie nicht schlafen konnte.

Das Haus liegt am Rande des Vorstadtwaldes, daher sind viele Geräusche von Insekten, Eulen usw. zu hören.

Sie vermisst ihr Zuhause, vermisst ihre Eltern, Onkel und Tante Vinh, was machen alle jetzt? Wahrscheinlich denke ich viel an Ly, weil sich alle darauf vorbereiten, Tet zu feiern.

Der Frühling kehrt in die Heimat zurück, aber Ly ist abwesend. Jetzt ist Ly allein in einem fremden Land. Ly wird den Frühling in einem Land begrüßen, in dem selbst die Familie Ly kein einziges Wort kennt.

Sie ging, weil sie ihrer Familie, Lys Eltern und Brüdern einen gemütlichen Frühling bereiten wollte. Morgen können sie den Frühling wieder begrüßen, ohne sich Sorgen machen oder wegen der Schwierigkeiten des Lebens traurig sein zu müssen.

Ly legte ihre Hand auf ihre Stirn und flüsterte: Der Frühling wird kommen ...

Als das Auto das Gebiet mit Wohnhäusern und Baumreihen auf beiden Seiten der Straße verließ, wurde der Himmel gerade dunkel, sodass die Szene vor Lys Augen zu verblassen begann.

Es sind jetzt 6 Personen im Auto, darunter Ly.

Ly bemerkte, dass die Leute bei ihr alle still mit geschlossenen Augen saßen. Ly war sich nicht sicher, ob sie schliefen oder die Augen schlossen und vom Leben von morgen träumten, das Ly auch so farbenfroh fand wie der Frühling der Menschheit. .

Die Stille im Auto war ebenso überwältigend wie die Dunkelheit draußen und gab Ly das Gefühl, als hätte alles aufgehört. Der unebene Feldweg führt dazu, dass das Fahrzeug auf und ab schwankt, was manchmal dazu führt, dass sich Menschen ineinander drängen.

Einige Leute im Bus seufzten, andere brüllten vor Freude und bereiteten Ly Kopfschmerzen.

Der Mann redete weiter:

- Ich weiß nicht, wann ich das Auto anhalten kann, um mich auszuruhen. Ich bin so müde, nicht wahr?

Ly schwieg und antwortete nicht, sondern tat so, als würde sie die Augen schließen, als würde sie nichts hören.

Ly hatte das Gefühl, dass der Mann, der den obigen Satz sagte, dachte, er würde eine Reise machen?

In Lys Stimmung herrschte wieder die gleiche Verwirrung wie beim ersten Aussteigen aus dem Flugzeug.

Genau in diesem Moment hielt das Auto an, in der Dunkelheit der Nacht gab Ly auf, weil sie nichts sehen konnte, sondern nur hörte, wie die Autotür des Fahrers zuschlug und dann undeutlich Leute redeten. Schüsse. Dann schien eine Taschenlampe durch die Frontscheibe des Autos, das Schlurfen brachte es wieder zu Lys Ohren, und das Geräusch des Klopfens gegen die Wand des Autos machte Ly verblüfft.

Anschließend kehrte der Fahrer jedoch zum Auto zurück.

Sein Gesichtsausdruck in der dunklen Nacht war so kalt wie Nachttau. Er zog leise seine Zigarette heraus. Ein Mann, der neben dem Feuerzeug stand, zündete sich eine Zigarette an und sagte etwas zu ihm.

Der Mann antwortete laut und zog an seiner Zigarette. Zigarettenrauch flog in das Auto und löste bei mehreren Personen Husten aus. Der Mann warf einen kurzen Blick in das Auto, rauchte seine Zigarette aus und startete den Motor, um weiterzufahren.

Ly atmete erleichtert auf.

Sie betete still.

- Oh mein Gott, es ist wirklich eine Szene, in der man einem Mädchen kilometerweit nahe ist!

Beim Gedanken an die beiden Mädchen, die im selben Bus fuhren, spürte Ly, wie sich ihr Herz zusammenzog. Ly schaute durch das kleine Fenster und sah nachts die funkelnden Sterne.

Es ist jetzt Winter in Russland, es gibt keine Wolken, daher ist es wahrscheinlich kälter als wenn es bewölkt und windig ist.

Als Ly an Russland dachte, fiel ihm plötzlich das Bild der Kaiser Russlands in der Vergangenheit ein, bevor die Rote Armee die Regierung übernahm.

Sie denkt über die Tage der Sowjetzeit mit kommunistischen Magnaten wie Stalin nach, dem vietnamesische kommunistische Anhänger als Dichter von vietnamesischem Format lächerlich nachdenkliche Verse entgegengebracht haben.

An dem Tag, an dem die Rote Armee Russland übernahm, wurde die gesamte Familie von Kaiser Nikolaus getötet. Es heißt, eine Prinzessin sei nach Frankreich geflohen. Nachdem Russland nun aus dem Kommunismus ausgetreten ist, wird sie, falls sie noch am Leben ist, zurückkehren, um das Grab ihrer Familie zu besuchen . Familie. Wenn wir an diejenigen denken, die in der Sowjetzeit gestorben sind, stellt Ly fest, dass diese Ehrungen überhaupt keine Bedeutung haben, aber auch bittere Ironie gegenüber den Seelen der Opfer enthalten.

Ly denkt an Menschen, in der Tat gibt es viele seltsame Punkte, denn Poesie ist ein Symbol menschlicher Liebe, emotionaler Schwingungen aus dem Herzen voller Liebe, aber Menschen schreiben Gedichte über die Qual und Folter von Kindern. Menschen, Dinge, die Menschen gebrochen haben Herzen.

Ly ist eine Person, die sich sehr für Kultur und Geschichte interessiert, deshalb bewundert sie Helden in Geschichtsbüchern. Sie hatte die Idee, Lehrerin zu werden. Wenn ihr Wunsch erfüllt wird, wird Ly der Geschichte und Kultur im Allgemeinen folgen.

Als Ly daran dachte, wie ich als junger Lehrer auf dem Podium der Schule stand, lächelte sie sanft. Dann wird das Leben sicherlich sehr, sehr interessant sein. Aber nicht jeder bekommt, was er will.

An diesem Punkt fiel Ly plötzlich ein, dass Lys Bruder gerade einen Film über die Liebe in einem bestimmten Teil Vietnams dreht, auch ihr Herz klopft und sie lächelt leicht.

Sie wollte nur, dass ihr Bruder Erfolg hatte, damit er nicht wie sie gehen musste.

Doch gleich danach hatte Ly plötzlich das Gefühl, dass ihr Geist dunkel war. Sie zitterte leicht, während sie sich in ihrer Umgebung umsah. Ly war unruhig wegen der Gedanken, die ihr gerade in den Sinn gekommen waren.

Wenn alles auf dieser Welt leicht so gelingen könnte, wie Sie es sich wünschen, wäre diese Welt ein Paradies oder ein Paradies.

In der Dunkelheit der Nacht ertönten in den Hainen am Straßenrand immer wieder die Geräusche der Eulen.

Ly atmete leicht und hörte den Leuten zu, die sagten, der Schrei der Eule signalisiere ein gutes Omen, aber laut Ly habe die Eule gruselige Augen und sei manchmal auch sorglos.

Deshalb sagt man, es sei ein Eulenauge.

Die Sterne folgten ihr immer noch, immer noch am Himmel, während sie ihren Gedanken nachging.

Ly war auch überrascht, als sie sah, dass die beiden gemeinsam reisenden Frauen weder redeten noch Fragen stellten.

Vielleicht sind sie zu müde oder schüchtern gegenüber den fremden Männern im Auto.

Außerdem sahen sie abgemagert und lustlos aus, als hätten sie auf dieser beschwerlichen Reise ihre Kräfte erschöpft.

Das Auto schaukelte plötzlich heftig und wurde dann langsamer.

Die Sonnenstrahlen in Richtung des Autos drangen tief ins Innere und machten Ly ein wenig blind. Es stellte sich heraus, dass das Auto dann in eine leere Straße mit Bäumen einbog und vor einem großen Haus im Herrenhausstil anhielt.

Das alte Haus war in verblasstem Weiß weiß getüncht, an der Wand klebten viele Moosschichten und an der Wand klebten grüne Äste.

Die vier Seiten des Hauses sind große Flächen mit nur zwei oder drei mittelgroßen Bäumen, die genug Schatten für vorbeikommende Gäste spenden, die sich ausruhen, ein Glas Wasser trinken oder eine Zigarette rauchen und dann ihr Leben fortsetzen möchten.

Ly vermutete, dass jemand ihr das Bedürfnis nach Privatsphäre nehmen wollte, also achtete sie nicht darauf, denn Ly war auch sehr faul, ihr Hals fühlte sich nach einer langen Reise trocken an.

Plötzlich sprach der westliche Fahrer in einer fremden Sprache zu den Vietnamesen, die sich das Auto teilten, dann hörte Ly ihn noch einmal auf Vietnamesisch sagen:

- Machen wir jetzt eine Pause zum Essen. Vielleicht sollten wir gleich nach dem Essen gehen, denn morgen ist die Straße rutschig und wir können nicht schnell laufen.

„Oh, noch ein Westler, der Vietnamesisch spricht.

Warum sind sie so talentiert?

Vietnamesisch ist für mich schwer zu lernen."

Als Ly darüber nachdachte, fühlte er sich plötzlich mutig und fragte:

- Wohin gehen wir?

- Dieser Mann ging ins Haus und antwortete im Rauschen des Windes:

- Lass uns nach Tschechien gehen.

Wo ist der Scheck?

Ly wollte es wissen, aber der Mann, der sie begleitete, antwortete, als ob er Lys Gedanken wüsste:

- Die Tschechische Republik, auch Tschechien genannt, ist ein Land neben Polen. Von Polen aus werden wir viele Richtungen haben.

Es war das Geräusch des lauten Windes zu hören, der das Geräusch des leidenden Mannes erzeugte

Verdünnen Sie es, damit Ly nicht mehr klar hören kann.

Als dann der Wind vorbeizog, hörte Ly seine Stimme:

- Wie dem auch sei, wir gehen in eine Gegend, in der Vietnamesen leben und Großhandel betreiben, das ist für uns einfacher zu verwalten und wir können die Lebensmittel haben, die wir brauchen.

»Jeder hat Bedürfnisse, Sie auch, oder?»

Als Ly ihn das sagen hörte, war er innerlich auch ein wenig aufgeregt.

Egal was, wer braucht nicht Kleinigkeiten für eine lange Reise?

Ly sagte sich die Dinge, die sie wirklich brauchte, und hoffte, dass sie eine Chance haben würde, sie zu kaufen, um sie zu benutzen.

Der Himmel war voller dunkler Wolken, daher wehte der Wind ziemlich stark und brachte Kälte in die Herzen der Menschen, also rief Ly nur leise aus und ging schnell ins Haus:

- Ja

Plötzlich drehte sich Minh um und sagte zu Ly:

- Hey Lady, die Tschechische Republik wird auch Tschechien genannt. Früher hieß sie Tschechoslowakei, aber sie war in zwei Länder geteilt, sodass der einzige Name übrig blieb, der Tschechien ist. Hast du es schon verstanden?

Li nickte leicht. Sie antwortete nicht, da sie die Erklärung bereits einmal gehört hatte. Allerdings hatte Ly insgeheim auch das Gefühl, dass Minh wirklich ein gutherziger Mensch war.

Jeder bekam Brot und eine kleine Schüssel Haferbrei mit etwas Hühnchen. Ly schluckte etwas heißen Hühnerbrei und fühlte sich leicht.

Sie wusste, dass Hühnerbrei bei einer Erkältung helfen würde, also trank sie die Schüssel Brei mit Ingwergeschmack aus. Und tatsächlich ist Ingwer ein gutes Mittel zum Schutz des Körpers, insbesondere vor Erkältungen und Erkältungen. Ly erinnert sich, dass ihre Mutter das immer gesagt hat. Wenn also jemand im Haus erkältet ist, kocht Lys Mutter sofort einen Topf Hühnerbrei mit viel Ingwer. Sie zwang sie zum Essen, damit sie sich durch Schwitzen sofort von ihrer Erkältung erholte.

Ly erkennt, dass das Hühnchen zu Hause köstlich ist, aber das Hühnchen hier ist so verschwenderisch.

Sie fühlte sich überhaupt nicht appetitlich, trank aber schließlich die Schüssel mit dem heißen Hühnerbrei auf. Der wohlriechende Duft von Ingwer weckt bei Ly das Verlangen nach einem Stück Ingwermarmelade.

„Ich wünschte, ich könnte ein Stück Ingwermarmelade essen, das wäre großartig.“

Das Essen ist akzeptabel, aber der Schlafbereich ist wirklich schrecklich, besonders für ein Mädchen wie Ly.

Nun, ich kann nichts dagegen tun, solange ich dort ankomme und ihren Eltern die Neuigkeiten erzähle, damit sie sich nicht zu viele Sorgen machen.

Nach zwei, drei Tagen Autofahrt mussten Ly und alle an diesem Abend durch den Wald laufen.

Laut Reiseführer müssten wir durch einen kleinen Bach waten, um die Grenze zu überqueren

Aber das Wetter war kalt und der Wind wehte ziemlich stark, so dass die Stufen nachts zögerlich und wackelig waren, weil alle nach tagelangem Driften zu müde waren.

Vor allem die Waldwege, auf denen das Gras fast bis über die Schultern des Fußgängers wächst. Westler sind groß, sodass sie die Straße klar sehen und schnell gehen können.

Lediglich die nachfolgende Personengruppe stieß auf dem Weg auf Hindernisse mit überwuchertem Gras.

Die Fahrt musste unzählige Male unterbrochen werden, weil eine Person nach der anderen aus den unterschiedlichsten Gründen anhielt.

Auch Übermüdung ist möglich, Durst ist der häufigste Grund und nicht der letzte, sondern das Bedürfnis, auf die Toilette zu gehen. Ein Grund, den jeder kennt.

„Tatsächlich ist die Überquerung des Baches immer noch die beste Route, weil sie der Kontrolle der Grenzpolizei entgeht", sagte der Sohn, der mit Ly reiste, während er saß und Öl auf die durch Insekten im Wald verursachte Schwellung auftrug.

Ly fragte sich, warum dieser Typ, Minh, sich so gut mit Umzügen auskennt.

Oder ist er in der Organisation? Es ist schrecklich. Dachte Ly beim Gehen.

Schließlich kamen Ly und alle anderen an einem klaren und wolkigen Morgen in der Tschechischen Republik an

Das Auto beförderte Menschen, denen nicht mehr viel Luft blieb, um die langen Straßen mit hohen Bäumen, bunten Blumen und Häuserzeilen mit vielen gewundenen Hügeln und Bergen zu betrachten, umgeben von offenen Wäldern und dichten Wäldern. Sie brachten Ly in eine überfüllte Gegend. Der Fahrer ergriff das Wort, als wollte er die Fragen der Fahrgäste klären:

- Wir werden einen vietnamesischen Markt namens Sapa-Markt in der tschechischen Hauptstadt Prag besuchen. Ly versuchte, den Namen der Stadt zu erkennen, denn dies war das erste Mal, dass sie ins Ausland ging und auch das erste Mal, dass sie an diesen Ort kam, einen für Ly völlig fremden Ort.

Offenbar gab es im Vorfeld eine Vereinbarung oder Vereinbarung, sodass die Gruppe mit Bekannten der Leute, die Läden besaßen, direkt zum Markt ging.

Ly sah, wie ein Mann mittleren Alters mit einem recht gesunden Körperbau herauskam, um alle zu begrüßen. Durch ihren Austausch machten sie Ly mit dem Mann bekannt, der, wie Ly vorhergesagt hatte, der Besitzer eines Ladens auf dem Markt war.

Der Ladenbesitzer rief aus dem Inneren eine weitere Person hervor. Es war eine junge Frau mit einer kleinen Figur:

- Hallo, Brüder und Schwestern.

Der Ladenbesitzer stellte Ly die andere Frau vor, durch die Ly wusste, dass sie seine Frau war. Nachdem wir uns untereinander besprochen und ausgetauscht hatten, sagte der Ladenbesitzer zu Ly:

- Seien Sie überhaupt nicht schüchtern. Lasst uns einander einfach als Schwestern und Familie sehen.

Sie sah Ly direkt an und fuhr fort:

- Ich werde mich hier um den Laden kümmern und Ihnen unter die Arme greifen. Auch die Vertriebsarbeit ist einfach.

Ly hörte sie sagen und lächelte strahlend, sodass auch sie sich wohl fühlte. Ly antwortete schüchtern:

- Ja, ich werde es versuchen.

Nachdem Ly das gesagt hatte, schaute er zur Vorderseite des Standes hinauf. Auf der anderen Seite des Marktes verläuft eine Straße mit zwei Reihen grüner Bäume am Straßenrand.

Zu diesem Zeitpunkt blieb das Sonnenlicht noch auf den Bäumen, eine kühle Brise wehte durch und wehte durch Lys Haare.

Durch die Einführung der Männer, die Ly auf diesen Markt brachten, erhielt Ly die Aufgabe, ein Geschäft zu leiten, in dem Kleidung und andere Kleinigkeiten verkauft wurden.

Dann gingen sie mit zwei Mädchen in derselben Gruppe weiter. Ly wusste nicht, wohin sie gingen, sah nur zwei junge Mädchen, die sich umdrehten und Ly mit traurigen Sonnenuntergangsaugen zuwinkten. Ly war auch traurig, als sie sich für eine Weile von ihren beiden Begleitern verabschieden musste, bringt aber auch viele Erinnerungen mit sich.

Auch der Junge winkte Ly zum Abschied. Was die Führer betrifft, so hatte jeder eine Zigarette an den Lippen hängen und ging geradeaus, ohne sich umzudrehen, um Ly anzusehen.

Ly kam zum ersten Mal hierher und war von der Hektik der Aktivitäten sehr überrascht. Wer sind die Käufer und wer sind die Verkäufer mit ohrenbetäubendem Geschrei an den gleichmäßig über den Markt verteilten Ständen? Ly bemerkte, dass es sich bei den Kunden um Ausländer aller Art handelte.

Sie kommen in Gruppen und Gruppen auf diesen Markt. Dann sah Ly Busse voller Passagiere.

Als ihr Bus in den Busbahnhof einfuhr, stiegen die Leute aus, gingen schnell auf den Markt und redeten laut, was die gesamte Einkaufszone störte.

Ly dachte eine Weile nach und dachte bei sich, wer der Besitzer dieses Einkaufsviertels in der Tschechien ist, wo doch alle vietnamesischen Geschäfte zusammen sind. Wie kommen sie zusammen und wie leben sie so geschäftig?

Ly hörte, wie westliche und vietnamesische Männer in der Gruppe der Führer und Fahrer miteinander redeten. Einige rauchten Zigaretten, andere hielten ein Glas Bier in der Hand und schluckten Getränke herunter, als würden sie gleich verdursten.

Lily fühlte sich extrem gelangweilt. Sie schienen Ly und die Menschen in der Gruppe, die nach einer langen und beschwerlichen Reise hierher kamen, völlig vergessen zu wollen.

Der große Mann sagte allen:

- Von nun an ist meine Pflicht erfüllt. Es ist meine Aufgabe, alle hierher zu bringen, und was als nächstes passiert, liegt an Ihnen.

Sie informierte ihre Familie, um den Restbetrag zu begleichen. Vielen Dank im Voraus.

Wenn die Organisation nicht rücksichtsvoll ist, haben Sie bitte Mitgefühl.

Als Ly das hörte, war er verwirrt und wollte fragen, aber der Mann wandte sich ab, als seine Zigarette noch auf seinen Lippen war, und blies den Rauch zurück auf die falsche Seite, wo Ly sprachlos im Wind stand und unendliche Traurigkeit empfand. Sie organisieren und versprechen hoch bezahlte Jobs, jetzt ist die Arbeit an einem so rudimentären Ort ein Betrug.

Ly sah, wie ihre Wut in ihr aufstieg, aber sie konnte nichts dagegen tun, vor allem nicht gegen die Klischees vom Mann, der mit einer Bierflasche in der Hand eine Zigarette rauchte.

Die Arbeitstage vergingen so schnell, dass es schon drei Monate her ist, seit ich in der Tschechischen Republik angekommen bin.

Ly rief ihre Eltern nach Vietnam zurück und seit ihrer Ankunft in der Tschechischen Republik hat sie regelmäßig Briefe geschrieben und ihre Familie nach Vietnam zurückgerufen.

Die Nachricht von ihren Eltern und ihrem älteren Bruder machte Ly sehr aufgeregt, ihre Tage in diesem kalten tschechischen Land fortzusetzen.

Lys Bruder wollte immer wieder ein Treffen mit seiner Schwester vereinbaren, aber Ly konnte seinen Plan nicht umsetzen, obwohl sie immer noch wollte, dass ihr Bruder hierher kam. Es ist leicht zu sagen, aber die ganze Reise ist voller Dornen und Fallen, manchmal muss man mit dem ganzen Leben bezahlen.

Auch wenn die Vietnamesen in großer Zahl und von allen möglichen Orten zum Sapa-Markt kamen, hatte Ly immer noch das Gefühl, dass etwas im Leben fehlte.

Nach und nach lernte Ly die Schwestern und Freunde kennen und freundete sich an, sodass Ly sich ihnen oft anvertraute.

Dabei ist Thao Lys engster Verwandter.

Durch Lys Worte sagte Thao einen Satz, den Ly überall kalt hörte:

- Du bist einsam, Ly.

Ly wandte ihr Gesicht ab, um durch das kleine Fenster in ihrem Motelzimmer auf den Sonnenuntergangshimmel zu schauen.

Die Farbe des Himmels ist rot und gelb, als würde Lys Herz damit spielen.

Vielleicht hat Thao Recht, ich bin wirklich einsam.

- Oh ja, ich vermisse meine Eltern. Du hast richtig geraten.

- Komm schon, ich bin hier, hallo, glaube nicht, dass du mich anlügen kannst. Oder dich finden.

In den folgenden Tagen gingen Ly und Thao oft gemeinsam auf der Hauptstraße der tschechischen Hauptstadt einkaufen, die von den Straßenhändlern tschechisch genannt wurde.

Die Straßen hier sind schon lange ein Ort, der viele Touristen aus der Ferne anzieht.

Besonders nach dem Zerfall Osteuropas steigt die Zahl der Besucher aus Westeuropa, Asien und Amerika von Tag zu Tag.

Allmählich wurde die tschechische Hauptstadt zu einem internationalen Knotenpunkt der Kriminalität, wie Ly es einmal gelesen hatte.

Kürzlich hat Thao auch viel über dieses tschechische Land gesprochen, es ist so voller Menschen, die so glücklich sind wie Tet,

Thao sagte das immer so laut. Aber Ly ist von diesem europäischen Leben nicht sehr begeistert.

Völlig fremdartig.

Den Menschen ist es viel kälter als in Vietnam. Ly dachte das, als er mit Thao ging.

Was Thao betrifft, ist sie völlig sorglos und achtet nicht auf die Ideen in Lys Kopf, die sich in Gleichgültigkeit und Gleichgültigkeit gegenüber den Straßen ausdrücken, aber Ly geht langsam.

Thao zog Lys Hand:

- Ich ging auf die andere Straßenseite, um dieses seltsame, aber köstliche Gericht zu essen.

- Wo was?

- Folge mir und du wirst es wissen.

Thao brachte Ly in ein kleines Restaurant an einer leeren Straßenecke. Nachdem sie sich für das Gericht entschieden hatten, riefen die beiden jemanden an, um Getränke zu bestellen.

- Warum ist es heute so heiß?

Während sie sich beschwerte, hob Ly ihre Hand, um sich die Stirn abzuwischen.

Während des Essens erzählte Thao Ly viele Geschichten über das Überqueren der Grenze und andere Waldüberquerungen von Menschen, die wie Ly ins Ausland gingen.

Thao sagte, dass sie viel Geld zahlen müssten, aber nicht durchkommen könnten, weil sie zu streng kontrolliert und überwacht würden.

Die Grenzpolizei verfügt nun über ein Infrarot-Ortungssystem, sodass sie die Menschen, die im Dunkeln durch den Wald rennen, deutlich erkennen kann.

- Sie sehen es wie tagsüber, Ly.

Lily verdrehte die Augen, sagte aber kein Wort. Sie konnte nicht einmal einen Schluck Wasser trinken. Thao fuhr fort:

- Es gab ein Mädchen, das nach Deutschland kam, sie wurde alleine auf der Straße abgesetzt, und dann hatte sie Mühe, sich zurechtzufinden, sie wurde dazu verleitet, schwanger zu werden.

- Warum kann das so sein?

- Nun, unser vietnamesisches Volk lebt bereits friedlich, also brauchen sie es nicht.

Sie befriedigen einfach gerne ihre Absichten.

Sie sagen, dass sie helfen, aber sie alle beinhalten Kaufen und Verkaufen.

Huh, es ist bequem zu kaufen und zu verkaufen. Nach Abschluss ihrer Arbeit finden sie einen Weg, sie an einen bestimmten Ort freizulassen, wo sie für mindestens sechs Monate oder länger in ein Lager geschickt werden.

Alles ist zu spät. Mit dem ...

An diesem Punkt nahm Thao einen Schluck Wasser. Über den Himmel flog ein Vogel vor zwei Leuten, die sich anvertrauten.

Die Sonne scheint auf die grauen Ziegeldächer.

Es kamen viele Leute vorbei, aber es war trotzdem nicht zu laut.

Thao fuhr fort:

Hey, ich habe gehört, dass viele Leute Linien aufgebaut haben, um Leute nach England zu bringen.

- Ich verstehe nicht, warum ich nach England gehen muss?

- Aber läuft es reibungslos?

- Sie fuhren zum Pier und verschoben dann die Fahrt, um die Zeit abzuwarten.

- Wartezeit?

- Dann warten Sie auf die Gelegenheit. Wann immer sich die Gelegenheit bietet, den Fluss und das Meer zu überqueren, ergreifen sie diese sofort.

- Wie groß ist die Chance, Thao?

Thao verdrehte die Augen:

- Oh mein Gott, alle möglichen Arten, alle möglichen Tricks.

- ...

- Ich habe gehört, dass einige Leute die Schlüssel von Lastwagen mit Autos abgebrochen und Dutzende Menschen dort hineingesteckt haben.

Als der Lastwagen in England ankam, sprangen alle herunter und es schien, als ob alles reibungslos verlaufen wäre.

Also muss ich den Führern Geld geben, hahaha ... ein elendes Leben, an einen Ort wie Großbritannien zu gelangen, gilt als Geldverschwendung, weil diese Seite fast keine Kontrolle hat und es daher einfach ist, im Untergrund zu leben. Ich kann illegal leben Jeden Tag arbeite ich illegal, verdiene Geld, um Schulden zu begleichen und schicke Geld nach Vietnam an meine Familie und Verwandten.

Das einzige Problem besteht darin, woher das Geld kommt und wie lange es dauern wird, eine so große Schuld zurückzuzahlen.

Als Ly das Paar betrachtete, das sich gegenseitig half und vor ihr vorbeiging, seufzte sie leise:

- Aber es scheint, als ob nicht jeder so ist, Thao?

- Ah, also... was bedeutet das, Ly?

Bitte sagen Sie es mir klar und deutlich.

- Dann hat jeder seine eigene Art, es zu knacken.

- Ja, ich habe gehört, dass es sicher ist, beim Fahrer zu sitzen, wenn man auf Stufe 3 oder höher geht

Der Fahrer rannte mit gefälschten Papieren direkt über die Grenze, kam aber vorbei.

- Was ist Level 3, Thao?

- Abhängig vom Level, also abhängig vom Einstiegspreis.

Beim niedrigsten Preis sind es nur ein paar tausend grüne Münzen.

Wie nennt man Gras, also so günstig wie Gras?

- Gott, ein paar Tausend grünes Geld sagten, es sei billig!

Ly heulte, was dazu führte, dass die Gäste Ly und Thao voller Ehrfurcht ansahen.

Sie dachten, die beiden würden sich streiten.

Eine alte Frau, die in der Ecke des Ladens saß, sah die beiden schüchtern an, seufzte und drehte sich um, um dem Kellner etwas zu sagen. Er sah die beiden an und machte sich wieder an die Arbeit. Ly war sprachlos. Thao zog Ly zurück:

- Das ist es, die Größe eines Dutzends ist groß, nicht groß.

Wenn du ein großer Mann wirst, bist du über zwanzig.

- Wow, woher kommt so viel Geld?

- Oh, hey, weißt du das nicht wirklich?

Auch der Sohn der Mandarine ist schnell auf der Flucht.

Gehen Sie einfach so, wie Sie können. Leben ohne einen Schatten von morgen, warum dort bleiben, sagen die Leute dieses und jenes Land, um sich zu trösten, wenn sie versuchen, durchzuhalten, aber für sich selbst oder für Ihre Kinder leben... das ist das Problem. Das ist Ly.

Plötzlich sah Ly einen Streifenwagen der tschechischen Polizei vor dem Restaurant anhalten.

Zwei Polizisten stiegen aus dem Auto.

Ly geriet in Panik, als sie sie an der Vordertür des Ladens kommen sah.

Thao drehte sich um, folgte Lys Blick und sagte leise:

- Du brauchst keine Angst zu haben. Sie haben bestanden.

Müde hörte Ly auf zu essen und bat darum, nach Hause zu gehen. Beim Verlassen des Restaurants versuchte Ly, jeden Schritt der beiden Polizisten zu verfolgen, die in die entgegengesetzte Richtung ihrer Freunde Thao und Ly gingen.

Die Sonne ließ immer noch in aller Ruhe gelbe Streifen auf die Straße des lauten Viertels scheinen, als wäre ihr Lys Angst egal.

Plötzlich blickten Thaos Augen aufmerksam auf die andere Straßenseite. Ly war erschrocken und blickte in Thaos Augen.

Oh, schau mal, ein vietnamesisches Mädchen hat recht, sie läuft verwirrt auf der Straße auf und ab, an der Kreuzung gegenüber dem Restaurant, wo Thao und Ly sitzen. Thao stand auf:

- Schatz, wir müssen mal schauen, ob das Mädchen ihr noch helfen kann.

- Natürlich.

Ly sprach ein paar Worte der Zustimmung zu Thao.

Die beiden sagten ein paar Worte, um dem Ladenbesitzer das Geld zu geben, und rannten dann gemeinsam zur Wohnung des jungen Mädchens.

Ly und Thao rannten und riefen dem Mädchen zu, das auf der Straße ging. Das Mädchen schien nicht zu wissen, dass jemand sie rief, also ging sie schnell im heißen Sonnenlicht. Thao musste versuchen, laut genug zu rufen, damit das andere Mädchen es hören konnte. Schließlich holten Ly und Thao das andere Mädchen ein.

Nachdem sie eine Weile Neuigkeiten über beide Seiten ausgetauscht hatten, kehrten alle drei Leute in den Laden zurück.

Thao zog einen Stuhl heraus, damit das andere Mädchen Platz nehmen konnte. Nachdem sie gestanden hatte, dass ihr Name Lan war, fragte Thao sofort:

- Wo gehst du hin? Wo kommst du her?

Das Mädchen namens Lan strich sich gerade die vereinzelten Haare aus dem verschwitzten Gesicht und antwortete leise:

- Ich bin aus Deutschland hierher gekommen, Schwestern.

- Oh, warum, warum kommen Sie aus Deutschland? Was bedeutet das ?

Lan atmet:

- Ich habe ein Kind, Schwester. Ich habe meine Kinder aus Deutschland aus geschäftlichen Gründen hierher geschickt.

- Oh, ich habe ein Baby. Wie ? Warum ? Wir wollen nach Deutschland, aber warum ist Lan aus Deutschland hierher gekommen?

- Lassen Sie mich Ihnen zwei sagen.

Als ich nach Russland ging, verlief tatsächlich alles reibungslos, Schwestern, es war nur ein Leiden während der Reise von Russland durch den Wald nach Polen und dann durch die Tschechien, und dann würde ich in jedem anderen Land aufgeben, ich kann mich nicht erinnern . Hey, Schwester.

- Auf dem Weg hierher starben arme Mädchen am Ufer.

- Wie geht es dir, Lan?

„Frauen und Mädchen, wissen Sie, als Frau kann ich den langen Weg nicht ertragen, also werde ich krank, kann aber nicht gerettet werden, ich kann nicht anders, ich warte nur darauf, zu sterben."

- Wie geht's dem Ende, Lan?

fragte Ly.

Lan fuhr fort:

- Als wir mit drei Mädchen zusammen gingen, starben zwei, und als die dritte schwer krank war, habe ich ständig um ihr Leben gebettelt, aber sie hatte ständig Asthmaanfälle, ich glaube, das lag am heiligen Wald. Giftiges Wasser, Schwestern , es macht es unmöglich zu atmen.

Lan hielt einen Moment inne, weil sie erstickt war, und sagte dann noch einmal zu Thao und Ly:

- Als das unglückliche Mädchen erstickt wurde, war die ganze Menge verwirrt, einige Leute gaben ihr eine Flasche Windöl zum Auftragen, einige Leute verabreichten Limettentabletten, als erwarteten sie, dass ihren Begleitern ein Wunder widerfährt. Doch dann seufzte das Mädchen und drehte den Kopf, um sich vom Dachboden zu verabschieden.

Eine kleine Beerdigung wurde im Dunkeln der Nacht mit dem Gesang der Eulen und den sanften Regentropfen gefeiert, die in den wilden alten Wald an der europäischen Grenze fielen.

Diejenigen, die an der Beerdigung teilnahmen, waren diejenigen, die mit dem Bösewicht zusammen gewesen waren, also waren alle über ihre Kräfte traurig. Die Beerdigung verlief still, man hörte nicht einmal das Geräusch wilder Tiere in der Ferne und das Geräusch von Eulen.

Durch das trübe, von Wolken bedeckte Mondlicht sah Lan, wie einige Menschen ihre Hände falteten und andere Zeichen machten, die ihrem Glauben entsprachen.

Einige Leute setzten sich auf den Boden, ihre Hände hielten ihre Köpfe und ihre Schultern zitterten stark. Sicherlich denkt jeder bei sich, dass er nicht weiß, wann er ankommt, oder dass er seine Leichen in einem fremden Land, im Dschungel, begraben muss, wo niemand es weiß.

Ansonsten ist es nur Stille, die sich mit der Nacht vermischt.

Abschließend wurde ein Kreuz auf das Grab gelegt, denn dieses ist ein Symbol des Friedens. Lan ist unklar, welcher Religion der Verstorbene angehörte, aber unabhängig davon wäre das Kreuz ein Zeichen dafür gewesen, wo das Opfer begraben wurde.

In dieser Stille hörte Lan plötzlich ein Geräusch, das an das Geräusch von einander berührenden Bäumen erinnerte und immer lauter wurde.

Alle schwiegen, sodass sie den starken Regen, der gerade gekommen war, nicht bemerkten.

Der Regen kam so plötzlich, dass niemand ihm widerstehen konnte, sodass sie vom Regen getroffen werden mussten und ihre gesamte Kleidung durchnässte. Alle zitterten, mussten aber trotzdem gehen.

Plötzlich kam ein junger Mann auf Lan zu, gab ihr einen Regenmantel und sagte:

- Verwenden Sie diesen Mantel, damit es nicht kalt wird. Wie auch immer, es ist alles nass.

Lan schien etwas zögerlich, dann sagte der junge Mann ruhig zu Lan:

- Es ist okay, ich bin es gewohnt, nass und kalt zu sein. Sie ist gerade krank geworden und wird es wahrscheinlich nicht aushalten.

Dann sprach er erneut, als würde er Lan anflehen:

- Nehmen Sie es und ziehen Sie es an, Fräulein.

Lan sah, dass die Haltung des jungen Mannes ihr gegenüber so rücksichtsvoll war, dass sie berührt war, und so streckte sie die Hand aus, um den Regenmantel aus der Hand des jungen Mannes zu nehmen, den sie nie kannte. Als er das Hemd überreichte, trafen Lans Blicke auf die sanften Augen des jungen Mannes.

Lan flüsterte:

„Daher wissen wir, dass nicht alle Menschen auf dieser Welt gleich sind"

Dann erzählte Lan mit sehr müder Stimme weiter von ihrer Reise. Vielleicht war die Reise von Deutschland in die Tschechien für Lan zu schwierig.

Nachdem sie einen halben Monat lang gereist und in Europa angekommen war, glaubte Lan, dass es ihr gut gehen würde, wahrscheinlich blieben ihr nur noch ein paar Tage oder Wochen, um dorthin zu gelangen. Zu diesem Zeitpunkt wird Lan ihrer Familie zu Hause die gute Nachricht überbringen.

Unerwartet, ja, niemand erwartete, verspürte Lan eines Nachts plötzlich Kopfschmerzen und Schwindel. Sie hustete ununterbrochen, also sagte einer von ihnen:

- Ich habe hier Medikamente. Wenn Sie sie einnehmen, wird es Ihnen sofort Linderung verschaffen.

Die Stimme der Person, die die Medizin verabreichte, war heiser und dumpf, was Lan ein schlechtes Gewissen machte.

Obwohl Lan erschöpft war, hatte sie auch große Angst, sie musste vorsichtig sein.

Wie kann man hier jemandem vertrauen? Sie schluckte, holte tief Luft und beruhigte sich für eine Weile, sodass sie sich weigerte, die Pille einzunehmen.

Das Auto fuhr endlos durch den unebenen Wald, rauf und runter.

Der Wind war nicht sehr stark, aber die Waldbäume schwankten in der Dunkelheit.

Gelegentlich rennt ein wildes Tier schnell aus den Scheinwerfern des Autos.

Nach ein paar ruhigen Stunden fing Lan wieder an zu husten. „Sehr schwer", sagte Lan, also brauchte Lan dieses Mal überhaupt nicht nachzudenken oder zu zögern, sie nahm die Pille und trank sie mit einer Flasche Wasser, die der Reiseführer Lan gegeben hatte, um die Medizin einzunehmen.

Nur etwa fünf oder zehn Minuten später war Lan fassungslos, begeistert und schlief mitten in der Nacht ein. Es schien, als gäbe es einen Donnerschlag, der den Regen ankündigte.

Als Lan aufwachte, lag sie in einem Zimmer in einem Haus mitten im Wald.

Dies ist das Zuhause von Waldarbeitern, die an geschäftigen Arbeitstagen übernachten, sodass das Haus nach den Berichten derjenigen, die vorbeikamen, fast verlassen ist. Lan war verblüfft, als sie sah, dass ihr Körper unter Schock stand, ihre Kleidung war so zerschlissen, dass sie ihren Körper nicht so bedeckte. Es war offensichtlich, dass sie sich zuvor sehr konservativ gekleidet hatte. Warum sind die Dinge jetzt so? In Panik rief Lan:

- Oh mein Gott, was hast du mit mir gemacht?

Keiner der Leute, die Lan begleiteten, antwortete ihr.

Die Männer der Reisegruppe saßen zusammengedrängt, rauchten, stießen Zigarettenrauch in den Himmel und blickten zum Himmel auf, als zählten sie verstreute Sterne. Niemand sagte ein einziges Wort.

Lan sagte halb schreiend, halb flehend:

- Bitte lassen Sie mich wissen, wie es endet.

Ein junger Mann sprach einmal während einer Reise zu Lan mit Lan:

- Ich schlafe tief und fest, Mädchen, ich verstehe wirklich nichts.

Lan eilte zu einem anderen jungen Mann, aber er war kein Vietnamese, also sah er Lan nur an, seufzte leise und drehte sich dann in eine andere Richtung, um ihn anzusehen, was Lan noch wütender machte.

Im Bereich des einsamen Hauses mitten im Wald sammelten sich nachts Wolken. Der Wind pfiff durch die Bäume, als würde eine Gruppe Schlangen näher an das Haus herankriechen.

Sie alle warfen Zigarettenkippen auf den Boden.

Jede Person trank einen Schluck Wasser aus, und Lan war von den verbitterten Blicken derer, die in derselben Gruppe wie Lan gingen, erschüttert.

Sobald Lan dies erwähnte, atmete sie schnell.

Lans Tränen flossen über ihre Wangen, alle senkten weinend ihre Köpfe, der Schmerz, ein Fernmädchen zu sein, das seine Heimat verlassen musste.

Jeder, der die Geschichte eines Mädchens namens Lan hört, versteht klar, was in dieser Nacht in dem verlassenen Haus mitten im Dschungel bei stürmischem Wind und Regen passiert ist.

Das Heulen und Schreien wilder Tiere klingt nicht so erbärmlich wie das Keuchen brutaler Gewalt humanoider Tiere in der Dunkelheit der Nacht.

Ein Kampf, ein Duell, bei dem die Trennung von Sieg und Niederlage zu offensichtlich war.

Schließlich gibt es die Stille des Leidens mit dem Stöhnen einer Frau mitten im nächtlichen Wald.

Lan saß schluchzend da und ihre Schultern zitterten.

Es näherte sich langsam dem späten Nachmittag. Das Restaurant war voller Leute, die ein- und ausgingen, und es wurde noch geschäftiger und lauter als zu dem Zeitpunkt, als Lan das Restaurant betrat.

Die farbigen Lichter der Werbetafel, die auf dem Dach des Ladens hing, ließen Lans blasses Gesicht erstrahlen.

Lans Gesichtsausdruck war jedenfalls weniger traurig als zuvor.

Dann fuhr Lan mit müdem Atem fort:

- Später, als ich in Deutschland ankam, wanderte ich hier und da umher und traf schließlich einen Vietnamesen, der schon lange in Deutschland lebte und bereit war, mich in ein vorübergehendes Zuhause zu bringen, um mein zukünftiges Leben zu regeln.

Nicht lange danach wurde ich schwanger. Meine Schwester arbeitete fieberhaft, um mir bis zum Tag der Geburt zu helfen.

Nach der Geburt blieb ich etwa drei Monate dort.

Plötzlich kam eines Tages meine Freundin nach Hause und sagte mir, ich solle alle meine Klamotten und Habseligkeiten einpacken und ihr zum Auto folgen. Als nächstes fuhr sie mich weit weg. Ich schlief ein, hielt das Baby in meinen Armen und fragte:

- Wo bringst du mich hin?

- Nicht mehr, geh ins Waisenhaus.

Dann lachte sie laut.

- Nein, ich bringe dich zum Tempel. Es gibt dort viele gute Leute, die dir helfen werden, Lan.

Das Gespräch zwischen Lan, Thao und Ly wurde plötzlich durch Geräusche unterbrochen, dann durch den Lärm vor der Tür des Restaurants, wo die drei saßen und sich anvertrauten.

Dann redeten Leute und Hunde bellten.

Als man nach draußen schaute, stellte sich heraus, dass es sich um eine Gruppe protestierender Menschen handelte. Sie gingen in Reihen von fünf oder sechs Leuten in einer ziemlich geordneten Reihe und es gab Leute, die Lautsprecher, Transparente und Handplakate in der Hand hielten, aber Lan, Ly und Thao verstanden nichts, sondern vermuteten nur, dass sie etwas taten. etwas verlangen, was zu ihren Rechten gehört.

- Dies ist ein freies Land. Jeder hat das Recht, für seine Interessen einzutreten.

Thao sagte es. Ly nickte und blickte geistesabwesend zur Decke des Restaurants, ohne weitere Kritik. Lan hatte ein trauriges Gesicht und blickte im leichten Mairegen nur auf die Protestgruppe.

Tatsache ist, dass in der Protestgruppe auch Polizisten waren und alle drei erschrocken waren, als sie sahen, wie sie der Buhrufergruppe folgten.

Doch dann war alles nach nur etwa zehn Minuten vorbei. Der leichte Regen hat aufgehört und die Sonne scheint langsam auf die Straßenoberfläche, selbst wenn es nur ein Hauch ist, reicht es aus, um mehr Zuversicht für das Leben von morgen zu wecken.

Lan erzählte weiter ihre Geschichte. Es dauerte lange, bis das Auto den weit entfernt am Rande einer deutschen Großstadt gelegenen Tempel erreichte.

Das Auto fuhr über viele Straßen durch viele Provinzen von Mitteldeutschland bis in den Norden Deutschlands und musste daher viele Hügel und Ebenen überwinden. Manchmal fährt das Auto also zu schnell, manchmal ist es langsam und manchmal muss es schnell bremsen, wodurch den Insassen schwindelig und müde wird.

Deshalb erzählte Ihre Schwester Lan während der Fahrt eine Geschichte über die deutsche Stadt, damit sie weniger schläfrig war und die Reisekrankheit überwand.

Während das Auto durch die sich schlängelnden Flüsse fuhr, erzählte der Fahrer ununterbrochen Geschichten über diese wunderbaren Orte in Deutschland.

Lan hörte auch, wie Frau Hoa Geschichten von Menschen erzählte, die nach Deutschland kamen und dort ebenfalls sehr erfolgreich lebten.

Trotz Hoas Worten ließ Lan immer noch den Kopf hängen, ihre Haare hingen herab und zeugten von einer Haltung, zu müde und vom Auto krank zu sein.

Plötzlich rief Lan aus:

- Du hältst das Auto an, mir ist so schwindelig, ich kann es nicht mehr ertragen, Schwester.

Als Hoa das sah, versuchte er Lan zu raten:

- Vielleicht noch ein paar Kilometer laufen, dann halten wir an der Tankstelle, ich gebe dir etwas zu trinken und deine Müdigkeit ist verschwunden.

Frau Hoa ist Fahrerin, aber immer wach, von Anfang an bis jetzt gibt es unterwegs noch keine Anzeichen von Müdigkeit, sie versuchte ihr Bestes, Lan zu erklären:

- Wissen Sie, während des Krieges wurde diese Stadt fast vollständig zerstört. Nach dem Friedenstag nutzten die Menschen ihre ganze Kraft für den Wiederaufbau und den Aufbau eines neuen Lebens.

Das Auto verließ die Autobahn und fuhr über Straßen, die kleiner als die Autobahn waren. Dabei schlängelte es sich etwa fünfzehn Minuten lang, bevor es am Tempel mit drei Hauptattraktionen ankam.

Nachdem sie zum Tempel gegangen war und durch die Worte von Frau Hoa, die sie hier kannte, von Lans Situation erfahren hatte, wurde Lan von einer alten Dame zu ihrem Haus gebracht, um dort zu leben und sich um ihre kleinen Kinder zu kümmern. Sie lebte allein und ging deshalb oft in den Tempel, um verdienstvolle Taten zu vollbringen. Als Frau Lan Lans Situation sah, war sie sehr berührt.

Der Tempel war an diesem Tag leer, sodass die alte Frau Zeit hatte, Lans Geschichte deutlich zu hören.

Nachdem sie dies gehört hatte, ging sie leise in die Haupthalle, um Räucherstäbchen anzuzünden und still zu beten.

Der Geruch von Weihrauch wehte in Lans Nase, sie war begeistert, ein wenig schwindelig und sie taumelte, was ihre Freundin erschreckte.

Wenn Sie von der Haupthalle auf die Straße blicken, flattern auf dem Fahnenmast die symbolische Flagge des Buddhismus in fünf Farben im starken Wind.

An der Spitze des Fahnenmastes zogen weiße Wolkenbüschel vorbei wie dichter Nebel und spielten mit dem Wind.

- Oh nein, ich muss vom Wind getroffen worden sein.

Dann wurde Lan von zwei Leuten in einen kleinen Raum hinter der Haupthalle geholfen. Auf dem Weg zum Raum sah Lan vage den Altar mit Bildern vieler Menschen. Nach ihrem Tod wurden diese Menschen von ihren Familienangehörigen hierher anvertraut. Auf dem Altar brennt Weihrauch in einer vergoldeten Kupferurne, die sehr glänzend poliert ist.

Lan dachte plötzlich an das Grab ihrer Gefährtin ohne Weihrauch und Rauch.

Das Leben eines Menschen ist so kurz, dass er so viele Strapazen ertragen muss. Lan hatte Mitleid mit dem Schicksal der Frauen auf dieser Welt.

Sie seufzte und folgte der alten Frau.

Ihr Kopf war immer noch schwindelig, also musste sich Lan, während sie sich bewegte, auf Frau Hoas Körper in den Raum stützen, gleich abseits der Haupthalle, einem kleinen, langweiligen Flur, der gestrichen und mit gelben Vorhängen behängt war.

Frau Hoa sprach zuerst:

- Oder lass mich dir etwas Wind geben.

Frau Hoa bat die alte Dame um eine Flasche Öl, um den Namen des Tigers zu kitzeln, und begann mit einer Münze mit Lan zu flirten.

Lan versuchte, den Schmerz zu ertragen, stieß aber dennoch ein leichtes Stöhnen aus, als vor der Haupthalle laute Stimmen zu hören waren. Die alte Dame sagte leise zu den beiden:

- Das ist die Gruppe, die mittags Gebete spricht. Sie kommen, um die Rituale durchzuführen und dann bei der Tempelarbeit zu helfen.

Die alte Frau sah Lan an, seufzte und bedeutete ihr, sich hinzulegen und friedlich auszuruhen.

Draußen regnete es in Strömen, das Geräusch des fallenden Regens war auf dem Dach der Pagode zu hören, der Wind, der in den kleinen Raum wehte, ließ Lan erschaudern. Oma sagte:

- Als Mädchen war ich auch sehr aggressiv, die Jugend war enthusiastisch, jetzt habe ich hundert Dinge im Herzen und im Kopf.

Ich habe auch Kinder, die gleichaltrige Enkelkinder haben wie Sie, aber jedes von ihnen hat sein eigenes Schicksal. Niemand kann dem Schicksal des Himmels entkommen, Buddha.

Die Stimme Buddhas der alten Frau ließ Lan den Klang der Sutras und das Geräusch des Maulkorbs in der Haupthalle hören. Der Gedanke ans Wandern brachte Lan zurück in den Gedankenfluss der vergangenen Monate.

Das Schicksal hatte für Lan kein Glück, Frau Hoa zu treffen, eine alte Dame im Tempel, die umsorgt und betreut wurde. Lan schluchzte plötzlich vor Rührung, ihre Schultern zitterten und ihr Gesicht senkte sich, sie schluchzte wie ein Kind.

Lan weinte eine Weile, dann sagte Frau Hoa, sie müsse nach Hause gehen, stand auf und ging langsam zum Tempeltor, um sich von Lan und der alten Dame zu verabschieden.

Es begann zu regnen und dunkle Wolken breiteten sich über den Himmel aus, was Lan an ihre düstere Zukunft und an den Schatten der Wolken am Himmel denken ließ.

Die alte Dame war wirklich nett, obwohl sie alt und nicht bei guter Gesundheit war, half sie einem Mädchen, das so alt war wie ihre Kinder und Enkelkinder.

Die alte Dame sorgte dafür, dass Lan lange Zeit im Tempel blieb und auf den Tag wartete, an dem die Blume blühte.

Im Tempel hilft Lan jeden Tag der alten Frau bei der Schriftarbeit und kocht vegetarischen Reis für den Tempel, um ihn zu verkaufen, um den Tempel zu bezahlen, und verwendet das Geld für den Tempel, um bedürftigen Orten zu helfen.

So entwickelten sich Lans Kochkünste so schnell, dass die Köche Lans Können lobten. Eine Nonne erzählte Lan in der Küche des Tempels sogar Folgendes:

- Nach Ablauf der Frist können Sie ein Restaurant eröffnen. Es ist ein sehr beliebtes vegetarisches Restaurant.

Als Lan das hörte, konnte sie nur lächeln und sich bedanken. Die vor uns liegenden Tage sind wirklich grenzenlos.

Nach der Geburt war Lan traurig, aber alle im Tempel trösteten sie und gaben ihr Rat. Es gab eine Nonne, die sogar versuchte, Lan eine lustige Geschichte zu erzählen, und dann lachten alle, was Lan auch dabei half, ihre Traurigkeit zu lindern.

Damals hatte Lan auch den Gedanken, in Zukunft ein Restaurant zu eröffnen. Aber alles muss seine Ordnung, Abläufe und Zeit haben, denkt Lan auch weiter.

Darüber hinaus ist auch etwas Kapital erforderlich. Es ist nicht einfach!

Während der Zeit der Entbindung wurde Lan von der alten Dame mit Begeisterung umsorgt, sie kümmerte sich um Lans Mahlzeiten und kümmerte sich auch um das Kind.

Frau Hoa besuchte Lan auch viele Male, um mit Lan zu reden, ihm zu helfen und ihn zu trösten.

Frau Hoa brachte auch die notwendigen Dinge für Lans kleines Kind und einige Babykleidung mit.

Lan war zu Tränen gerührt. Sie hatte nicht erwartet, dass es in einem fremden Land eine so schöne Liebe geben würde.

Lans Familie war immer noch in ihrer Heimatstadt, also schrieb Lan zurück und schickte Bilder von Mutter und Kind zusammen mit sehr emotionalen Briefen, in denen sie die Situation beschrieb, von einer neuen Freundin namens Hoa gestreichelt zu werden, was Lans Mutter dazu veranlasste, mit überwältigender Dankbarkeit auf den Brief zu antworten.

Nachdem sie sich vorübergehend in Deutschland niedergelassen hatte, kam Lan auf die Idee, ihre Mutter zu einer Reise nach Deutschland einzuladen. Als Tochter erinnert sich Lan immer an ihre sanfte Mutter. Lan glaubt, dass ihre Mutter die beste Mutter der Welt ist.

Als Lans Kind zwei Monate alt war, begann es bei Lan gesünder zu werden und sie wollte den Eingriff durchführen lassen, damit ihr Kind in Deutschland leben darf.

Deshalb musste Lan in die Tschechische Republik gehen, um die notwendigen Dinge zu erledigen, um eine Zukunft für das Kind aufzubauen, und ein unschuldiger Sohn wurde geboren.

Eine Sache ist, dass Lan Angst hat, den Tempel zu verlassen, da es zu mühsam wäre, ihr kleines Kind den Menschen im Tempel zu überlassen. Darüber hinaus ist in der Pagode auch in den kommenden Tagen viel los, da die Zahl der Menschen, die nach Deutschland kommen, um Asyl zu beantragen, zunimmt.

Daher benötigt die Pagode in vielen Bereichen, insbesondere in der Lebensmittel- und Wasserversorgung, dringend Helfer.

Es gibt viele Leute, die die Arbeit machen, aber es reicht nicht aus, also denkt Lan immer wieder darüber nach.

Zu dieser Zeit dachte Lan darüber nach, in die Tschechische Republik zurückzukehren, um ihre Landsleute dort zu bitten, ihr bei der Erledigung der notwendigen Arbeiten zu helfen, denn, wie Lan dachte, die Dokumente müssten offiziell sein. Dafür müssten sie legalisiert werden Ihr Kind kann in Frieden leben und in Zukunft wie andere hier aufwachsende Kinder ganz normal zur Schule gehen.

Ein kalter Wind wehte schnell durch den Ort, an dem drei Leute saßen und redeten. Lan hörte auf zu reden und stand träge auf, um Ly und Thuy zu begrüßen. Als Thuy das sah, sagte er schnell:

- Wenn Sie etwas brauchen, können wir versuchen, Ihnen zu helfen. Lass mich einfach wissen, wie alles zu Ende ist, und wir werden die Angelegenheit klären können, Schatz.

Lan antwortete emotional mit erstickter Stimme:

- Ja.

Weil Lan das Gefühl hatte, dass es keinen anderen Weg gab, als die Hilfe von Thuy und Ly anzunehmen, obwohl sie sich nur kannten, aber in einem fremden Land ist die Liebe der Landsleute sehr wertvoll. Mit der Hilfe von Thuy und Ly wird mein Kind stabil sein. Lan schaute in den Himmel, die Sonne schien ihr direkt ins Gesicht, sie schrie:

- Es ist zu heiß, meine Damen.

Ly sagte zu Thuy und Lan:

- Dann lass uns gehen.

Dann verließen die drei Leute den Laden. Dunkle Wolken formten kleine Cluster zu seltsamen Formen, die nach und nach in den fernen Himmel flogen. Der Wind wehte sanft durch die langen Haare von drei asiatischen Frauen in Deutschland.

Sie gingen zögernd im Schatten des Sonnenuntergangs.

...

Eines Nachmittags stand Ly im Laden und verkaufte Waren, nachdem sie Lan nach Deutschland zurückgeschickt hatte, als sie eine Gruppe Männer sah, die in ihrer ausländischen Kleidung anständig aussahen, und den Laden betraten.

Sie kommunizierten auf Vietnamesisch miteinander, sodass Ly verstand, was sie brauchten. Während sie redete, sah Ly, wie ein Mann in der Gruppe sie immer wieder ansah. Ly hörte sie zueinander sagen:

- Jemand Neues ist hierher gekommen, um das zu tun.

Ly drehte sich um und beantwortete Fragen anderer Käufer.

Trotzdem kamen auch diese Männer auf sie zu und versuchten, sie darauf anzusprechen.

Sie wollten Produkte kaufen und nach einem Gespräch und Nachfragen erfuhren sie, dass sie aus Deutschland kamen.

Unter ihnen ist ein Mann, der immer schnell ist und versucht, an Ly heranzukommen.

Er nannte sich Quoc Viet, lebte seit mehr als zwanzig Jahren in Deutschland, war verheiratet und stand kurz vor der Scheidung. Er bot Ly an, mit ihm und der ganzen Gruppe aus Deutschland zum Abendessen einzuladen.

In den folgenden Tagen kam er immer wieder zu Ly und tat alles, um Ly nahe zu kommen.

Er kauft Kleidung für Ly. An diesem Abend kam er nach Ly:

- Dein Name ist Ly, richtig?

Seine Stimme war laut und dröhnend:

- Hier schenke ich Ihnen diesen wunderschönen Blumenstrauß.

Er lächelte humorvoll, als er Blumen schenkte:

- Aber du bist auch eine Blume, die Blütenblätter sind im Chaos. ..Glas.

Ly nahm den Strauß frischer Blumen entgegen und brach in Gelächter aus. Wow, das macht so viel Spaß. Ly sah, dass der Mann namens Quoc Viet vor ihr wie ein Schauspieler aussah. Viet sah Ly lächeln, sodass er nicht mehr schüchtern war. Er näherte sich Ly, umarmte ihren Körper fest und sagte flüsternd:

Sind nicht ,

Es ist nicht so, dass er aufdringliche Worte gesagt hätte

Aber eigentlich liebe ich dich schon

Dein Herz ist wie ein überlaufendes Glas Wasser

Wie kann ich dich jetzt verlassen?

An diesem Tag lud er Ly, nachdem er spät abends ausgegangen war, in sein Zimmer im Hotel ein. Er bot Ly Wein zum Trinken an und sagte, es sei hochwertiger französischer Wein.

Ly zögerte immer noch, dann schob er das Glas Wein an Lys Lippen und goss den Wein in Lys Mund.

Viet lachte laut, zufrieden mit seiner Arbeit:

- Es ist großartig, es ist großartig, du weißt doch, wie man die Freuden des Lebens genießt, oder?

Ly wischte sich mit der Hand den Mund ab:

- Warum zwingst du mich ständig zum Trinken? Ich bin nicht daran gewöhnt.

Ly bestand darauf, abzulehnen. Doch der Mann weigerte sich immer noch hartnäckig, aufzugeben:

- Ja, du wirst dich allmählich daran gewöhnen. Mit mir essen zu gehen, ohne Wein zu trinken, ist eine Verschwendung. Lass uns noch ein Glas zum Aufwärmen trinken, Ly.

Mein Name ist Ly, also sollte ich mein Glas heben.

Doan Viet schenkte Ly weiterhin Wein ein.

In benommener Trunkenheit begann er scherzhaft zu singen:

Ly sah, dass das Gesicht des Mannes rot war und seine Stimme nicht mehr kontinuierlich war:

„Und dann hörte ich dich singen

Die Singstimme ist so friedlich

Baby, das liegt nur daran, dass mein Herz so schwach ist

Mach mich immer unruhiger »

Ly ist froh, Viet kennenzulernen, also kann sie sich nicht zurückhalten. Sie erlaubte sich, sich der starken Hefe des Alkohols hinzugeben, als wäre sie betrunken von einer neuen Liebesbeziehung mit einem Mann, der viel älter war als sie.

Der Raum war vollgestopft mit Flaschen Wein und Tellern mit Essen auf dem Tisch. Die laute, aufgeregte Musik auf dem Fernsehbildschirm machte Viet noch neugieriger auf den gesteigerten Charme von Ly, dem Mädchen, das Viet gerade kennengelernt hatte.

Danach betrank sich Ly und schlief in einem kleinen Hotelzimmer in den Armen eines Mannes ein, der einen raupenartigen Bart auf den Lippen hatte ...

...

Als der Mann namens Quoc Viet nach Deutschland zurückkehrte, versprach er, sich um Ly zu kümmern und Geld an die tschechische Seite zu schicken, damit Ly es in den kommenden Tagen verzehren konnte, insbesondere wenn es im Winter kalt ist. Die europäischen Aktivitäten wurden für eine halbe Stunde eingestellt Jahr. Quoc Viet sagte es mir vor dem Abschied.

In den folgenden Tagen erhielt Ly regelmäßig Geschenke und Geld von Quoc Viet, entweder per Post oder über Menschen aus Deutschland in die Tschechische Republik

Es vergingen noch ein paar Monate, als Ly erfuhr, dass sie mit Quoc Viet schwanger war. Während Ly schwanger war, blieben Ly und Viet vier Monate lang regelmäßig in Kontakt.

Doch danach verschwand Viet.

Die aus Deutschland verschickten Briefe mit Lys Namen waren nicht mehr da, was selbst den Postboten überraschte. Er sagte:

- Warum korrespondiert Herr Viet nicht mehr mit Ihnen? Du hast einen dicken Bauch.

Ly biss sich auf die Lippe und antwortete nicht. Sie dachte beiläufig:

- Er ist wahrscheinlich bei der Arbeit beschäftigt.

- Wie kommt es, dass ich keine Zeit habe, Gedichte zu schreiben? Weiß er, dass du schwanger bist?

- Haben.

- Das ist so seltsam. Oder rufen Sie ihn an. Ich muss sie fragen warum, aber sie sieht so erbärmlich aus.

- Die Leitung ist nicht geöffnet, was soll ich tun?

- Hast du noch Geld zum Leben?

- Es reicht aus, zwei Monate später zu gebären.

- Oder Sie sollten nach Deutschland gehen, um ihn zu finden.

- Ich möchte auch dorthin, aber es ist nicht so einfach.

- Wenn Sie vorhaben zu gehen, werde ich einen Weg finden, Ihnen zu helfen.

Nachdem der Postbote gegangen war, kontaktierte Ly Thao, einen Verkäufer auf dem Sapa-Markt, mit dem Ly sehr eng verbunden war. Nachdem Thao lange Zeit Geschichten ausgetauscht hatte, erkannte er, dass es für Ly nur einen Weg gab, nach Deutschland zu gehen, um den Vater des Fötus in Lys Mutterleib zu finden.

Ly beschloss, nach Deutschland zu gehen, um Viet mit dem Fötus im Bauch zu finden.

Als er nach Deutschland reiste und in der Stadt ankam, gab ihm Viet die Adresse, konnte Viet aber nirgendwo finden und irrte mehrere Tage lang am Bahnhof umher.

Anschließend wurde Ly von der Polizei in ein Flüchtlingslager eingeliefert, damit sie sich um den Fötus kümmern konnte.

Auf die Frage, warum Ly nach Deutschland gekommen sei, antwortete Ly, dass sie hierher gekommen sei, um den Vater ihres bald geborenen Kindes zu finden.

Lys Aussage führte nicht dazu, dass Ly offiziell in Deutschland wohnte. Doch weil sie schwanger war und die Geburt bevorstand, blieb Ly vorübergehend an dem Ort, von dem sie wusste, dass der Vater des Babys noch dort lebte.

Als Ly eines Nachmittags zum Trockenwarenmarkt im Asia Store ging, sah sie den Jungen namens Hung, der letztes Jahr mit Viet zum Sapa-Markt gegangen war. Sie jagte ihm nach und stellte ihm alle Fragen über Viet. Er stammelte:

- Frag mich nicht, ich weiß es nicht!

Aber Ly ließ ihn nicht gehen und bestand darauf, Viets Neuigkeiten zu erfahren. Hungs Gesicht wurde rot und sein Atem verlor aufgrund vorübergehender Panik seinen Rhythmus.

Ly sah Hangs Stalking-Haltung und war ebenfalls verlegen. Aber nur Hung kann Ly mehr Informationen über Vietnam geben. Deshalb muss Ly unbedingt an Hung festhalten.

Am Ende verliebte sich Hung und brachte Ly De zu Viet.

Viet war sehr verwirrt, als er Ly wieder traf.

Währenddessen war Ly teilnahmslos und sah Viet an, ohne zu blinzeln. Es kam ihr so vor, als hätte sich Viet seit dem Tag ihrer Trennung in seiner Körperform überhaupt nicht verändert.

Der Mann war seltsam nervös, was Ly verwirrte:

- Hast du mich vergessen? Ihr Baby steht kurz vor der Geburt.

- Was, was sagst du, hey, beruhige dich, warum bist du hierher gekommen?

- Oh, du fragst seltsam, mein Baby steht kurz vor der Geburt und du verhältst dich immer noch so wie ein Fremder für mich?

- Lass es uns langsam angehen, es langsam lösen

Viets Behandlung ließ Ly in Tränen ausbrechen und von Viets Haus weglaufen, in ihren Ohren, als könnte sie den Ruf des Mannes hören, der ihr eine unbeschreibliche Freude und Trauer bereitet hatte. .

Als der Schatten der Sonne auf den Rasen vor Quoc Viets Haus fiel, wurde Ly in das Haus geführt, weil Quoc Viet versprach, für Ly alles reibungslos zu regeln.

In den folgenden Tagen waren Lys Augen geschwollen. Ly weinte viel. Sie vertraute Quoc Viet nicht an, was er versprochen hatte. Ly findet es seltsam, dass Quoc Viet so kalt ist, wenn sie zusammen ein Kind haben.

Eine gleichgültige Stimmung, die so weit ging, dass Ly nicht verstehen konnte, ob Quoc Viet Lys Bild in seinem Herzen trug oder nicht.

Viele Nächte hatte Ly Albträume, sie sah, wie ein großer Falke neben ihr herabstürzte und dann davonflog, ihr ganzer Körper zitterte. Ly hatte Angst, dass sie das Gefühl haben würde, am Rande eines dunklen Abgrunds zu stehen, so dunkel wie Tinte und so tief, als hätte er keinen Boden.

Als ich aufwachte, zitterte mein ganzer Körper und war schweißgebadet. Als Ly durch die Fenstergitter schaute, sah sie den Mond, als würde er sie anstarren.

Vielleicht hat der Mond Ly gefragt, ob sie Hilfe braucht. Als ich in der Ly-Woche den Mond betrachtete, dachte ich plötzlich an meine Tage in meiner Heimatstadt Vietnam. Damals liebte

Ly es, den Mond zu beobachten, besonders in Vollmondnächten. In Vollmondnächten, so die Worte ihrer Mutter, werden Ihre Wünsche wahr, wenn Sie beten. Die Worte ihrer Mutter hallen noch immer nach:

- Wenn du in den mondhellen Nächten betest, werden deine Gebete sehr wirksam sein, deine Gebete werden bald beantwortet, mein Kind.

- Oh, wer wird meine Gebete beantworten, Mutter?

Lys Mutter antwortete sanft:

- Sie sind die Höheren, die Himmel und die Unsterblichen

Als Ly daran dachte, fühlte sie sich erleichtert, sie lächelte ein wenig, als sie an das sanfte Gesicht ihrer Mutter dachte.

Also legte sich Ly gerade hin, faltete die Hände und schloss die Augen. Während sie darauf wartete, dass sich ihre Atmung wieder normalisierte, begann Ly zu beten.

Sie bat um Frieden für ihr zukünftiges Leben angesichts eines Lebens voller Nöte und Unsicherheiten in diesem fremden Land.

Danach führte Ly viele Gespräche und hörte, wie ihre Freunde sagten, solche Albträume seien nur ein häufiges Gefühl einer schwangeren Frau, sodass Ly sich nach und nach weniger Sorgen machte. Sie lebt nur, um sich um das Kind in ihrem Bauch zu kümmern, das auf den Tag der Geburt wartet.

Dank Hangs Hilfe konnte Ly in den folgenden Tagen zur Entbindung ins Krankenhaus gehen, als der Tag der Wehen kam.

Glücklicherweise weiß Ly dank Hungs Anweisungen und Hungs Einführung in viele andere Frauen mit Erfahrung in der Schwangerschaft, wie sie sich um ihre Gesundheit kümmern und Komplikationen vorbeugen kann. Schwangerschaft.

Nach der Geburt war Ly sowohl müde als auch gelangweilt.

Sie rief zu Hause an, um ihrer Familie die Neuigkeiten zu erzählen, hielt dann aber inne und teilte ihr nur ganz kurz mit, dass sie noch gesund sei.

Ly ist mit ihrem neugeborenen Baby sehr beschäftigt, sie geht ständig zur

Krankenschwester, um ihr Baby zu besuchen, und verbringt ihre Freizeit nur mit Dingen, die für ihr Leben notwendig sind.

An diesem Tag ging Ly, nachdem sie ihren Sohn besucht hatte, ins Telefonzimmer mit der Absicht, ihre Bekannten anzurufen. Aber die Leitung ist ständig besetzt. Ly hatte lange Zeit wenig Kontakt zu Familienmitgliedern, insbesondere zu Lys Eltern. Das wunderte sich auch Ly, aber weil sie mit der Geburt beschäftigt war, hatte sie keine Zeit mehr, sich darüber Gedanken zu machen. Heute wollte auch Ly zurückrufen, war aber auf der anderen Seite besetzt.

Ly verließ den Telefonraum und kehrte mit leerem Geist in ihr Zimmer zurück.

Träumerisch hatte Ly das Gefühl, als würde jemand anrufen, auf den Ly sich freute.

Es scheint, als würde jemand sie ansehen und über sie lachen, das Kichern ist so sanft, dass Ly sich umdreht und auf dem Bett hin und her rollt.
Sie sah vage jemanden vor sich, der sie anlächelte. Wer ist das?, dachte Ly im Traum, sagte aber kein Wort. Sie spürte, wie sich ihr ganzer Körper versteifte, als würde sie von einem Schatten zerquetscht.

Dann hörte Ly den Gesang der Vögel, als wäre sie in der Vergangenheit direkt vor ihrem Haus gewesen.

Das Geräusch der sich öffnenden Tür ließ Lily aufwachen.

Lily öffnete die Augen und schaute hinaus. Eine Person, die den Raum betritt, nähert sich Ly mit offenen Armen, in einer Hand hält sie einen Strauß frischer Blumen mit Blütenblättern, dessen Namen sie kannte, als sie in der Tschechischen Republik war. Es war die Blume der Zeit des Chaos ... Ly.

In diesem Moment ließ dieses leere Herz Ly alles auf der Welt vergessen, nur die Realität blieb übrig.

Beim Anblick der Blütenblätter als Zeichen des geschäftigen Frühlings und der extremen Freude schwoll Lys Seele vor Emotionen an, und obwohl ihr Mund strahlend lächelte, waren ihre Augen voller Tränen. voller Tränen, Tränen des Glücks, des erwarteten Frühlings, der kommt zu ihr...

Dann hörte Ly ein Flüstern in ihrem Ohr, eine vertraute Stimme, die Ly schon lange nicht mehr gehört hatte. Sie war sanft und sanft, schien Ly aber Kraft zum Leben zu geben. Ly versuchte sich zu beruhigen und öffnete die Augen, um zu sehen, wer gerade mit so vertrauter Stimme den Raum betreten hatte. Bei genauerem Hinsehen mit verschwommenen Augen stellte sich heraus, dass es sich um eine ältere Frau mit verfärbtem, aber immer noch gesundem Haar handelte, die Ly ansah und lächelte. Ein paar Sekunden vergingen, und Ly spürte plötzlich einen Kloß im Hals. Dieses Gefühl musste von einer unsichtbaren, aber tiefen, magischen Kette von Gefühlen herrühren, wenn überhaupt, dann kam es nur von mütterlicher Liebe.

Ly murmelte leise:

- Mama, oh mein Gott, es ist meine Mama.

Durch blasse, tränenreiche Augen sah Ly ein sehr bekanntes Gesicht, das sie schon lange vermisst hatte.

Die Person, deren lange Nächte mit den Strapazen des Reisens und wenn sie einschlief, undeutlich das Schlaflied ihrer Mutter hörte, das sie immer in ihrem Herzen trug, machte Ly zu einer Maschine, sie dachte automatisch an dieses schöne Gesicht.

Unerwartet traf Ly heute ihre Mutter in einer wirklich herzzerreißenden und bitteren Schicksalssituation wieder. Wie immer, vom Beginn der Menschheit bis heute, ist die Mutterliebe immer noch die heiligste Liebe. Ly heulte mit stotternder Stimme, als stünde sie im kalten Winter draußen, und ihre Zähne klapperten:

- Oh mein Gott, warum... bist du... hier?

Dann flossen Lys Tränen erneut, was dazu führte, dass Lys Mutter sie besorgt ansah:

- Hey, mein Kind. Gehen Sie es einfach langsam an und ich erzähle Ihnen eine Geschichte mit einem Anfang, einem Ende und einem Anfang.

Ly setzte sich sofort auf und verließ das Bett, obwohl ihr Gesundheitszustand zu diesem Zeitpunkt instabil war. Sie war so glücklich, dass sie außer sich geriet. Ly rannte, um einen Stuhl zu holen, um ihre Mutter zum Sitzen einzuladen, und rannte hastig, um Wasser einzuschenken, als würde sie einen Gast einladen, sie zu besuchen, während sie sich von ihrer Krankheit erholte.

- Mama, sag es mir bitte schnell, damit ich mich beruhigen kann. Warum bist du hier? Aber wo ist mein Vater, meine Mutter?

Als Ly ging, stellte die Polizei fest, dass die Tochter der Mutter ins Ausland gegangen war, um den Urlaub zu bezahlen. Sie schrie und forderte sowohl Mutter als auch Vater auf, zur Polizeistation zu gehen, um dort zu arbeiten. In der Einladung, die sie als Vorladung bezeichneten, hieß es, sie würden daran arbeiten, Kinder illegal ins Ausland gehen zu lassen und Vermögenswerte über reaktionäre Vermittler ins Ausland zu verteilen.

Lys Mutter hob die Hand, um sich die Tränen abzuwischen.

- Mein Vater, er kann es nicht ertragen. Deshalb sprang er auf und stritt mit ihnen. Die Polizisten haben deinen Vater fälschlicherweise beschuldigt, versucht zu haben, jemanden im Dienst anzugreifen, mein Sohn ...

- Ach du lieber Gott...

Ly schrie überrascht auf und umarmte ihre magere Mutter, die am Kopfende von Lys Bett heftig weinte.

- Ihr Vater wurde vorübergehend auf der Polizeistation festgehalten, die sehr weit von unserem Haus entfernt liegt.

Lys Mutter schluchzte, als die Nachmittagssonne verblasste, und schaute aus dem Fenster auf die vielen grauen Wolken, die nachlässig dahin trieben, als ob ihnen der Schmerz von Ly und ihrer sanften Mutter egal wäre ...

Ein Krankenwagen mit eingeschaltetem grünen Notlicht raste vor das Krankenhaus, sein dröhnender Lärm übertönte das Gespräch zwischen Ly und ihrer Mutter. Als Lys Mutter das sah, stand sie auf und verabschiedete sich von Ly, um zu gehen. Ly hielt die Hand ihrer Mutter:

- Mama geht nach Hause, wohin gehst du? Warum bleibst du nicht hier bei mir?

- Ich habe eine vorübergehende Bleibe. Wann immer ich Freizeit habe, besuche ich Sie wieder. Achten Sie auf Ihre Gesundheit. Es war eine so lange und elende Reise, mein Kind. Wenn ich im Voraus gewusst hätte, dass du so leiden würdest, hätte ich lieber seinen Bruder gehen lassen, um die Arbeit für dich zu erledigen.

Ly hat auch einen älteren Bruder, der nach Lys Abreise immer noch zu Hause ist.

Als Ly das ihre Mutter sagen hörte, drückte sie die Hand ihrer Mutter und flüsterte:

- Warum sagst du das? Lass ihn einfach das Geschäft machen, Mama.

Bei Ly und ihrem Bruder stehen sich Ly und ihr Bruder sehr nahe, weshalb Ly oft den Namen ihres Bruders nennt, ihn aber selten bei seinem üblichen Namen nennt.

Als sie das sagen hörte, musste Ly plötzlich an das Gespräch denken, das Lys Eltern geführt hatten, bevor Ly mit ihrer Tante und ihrem Onkel ins Ausland ging. Ly fragte leise:

- Wollen Onkel und Tante Lan das, Mama?

- Was verlangst du, um es länger zu machen? Mama, lass uns jetzt nach Hause gehen, es ist schon dunkel. „Mama möchte sich immer noch den Markt hier ansehen", sagte sie, sah Ly an und lächelte sanft.

- Aber ich möchte es wissen, Mama, ich möchte nicht, dass du von anderen unter Druck gesetzt wirst, Dinge zu tun.

Lys Mutter seufzte:

- Das ist schrecklich, niemand zwingt oder übt Druck auf deine Eltern aus, es ist einfach so

In dieser Situation muss es einen Ausweg geben, eine Lösung, die für die ganze Familie gut ist.

An diesem Tag waren meine Eltern sehr verwirrt. Mein Onkel und meine Tante Lan zeigten mir einen Weg, die Prüfung zu bestehen. Wenn sie mir nicht danken, werde ich es nicht tun, und was ist mit mir los? Deine Tante und dein Onkel stehen dieser Angelegenheit für deine Eltern sehr positiv gegenüber.

Dann schaute Lys Mutter ihre Tochter einen Moment lang heimlich an, blickte schweigend durch die Glaswand vor ihr, ein Motorrad sauste an ihrem Blickfeld vorbei, dann atmete sie leise, stand auf und ging zur Tür hinaus. Die Sonne war völlig erloschen, sodass das Zimmer dunkel wurde. Ly saß immer noch kniend auf dem Bett und dachte endlos nach ...

Am nächsten Tag hörte Ly, wie ihre Mutter die ganze Geschichte über Lys Tod und niemanden sonst erzählte.

Zu diesem Zeitpunkt hatte Lys Bruder gerade einen Vertrag über die Durchführung von Kultur- und Kunstarbeiten zur Vorbereitung eines Programms namens „Foreign Festival" unterzeichnet, sodass der junge Mann sich entschieden weigerte, auf seine Eltern und seinen Onkel zu hören. Tante Lan soll gehen.

Nach Angaben ihrer Mutter schrie Lys Bruder während des Gesprächs, darunter auch Tante Lan:

- Wow, die Arbeit liegt so chaotisch vor mir, mir geht es so gut, aber meine Tante und mein Onkel, meine Eltern haben mir gesagt, ich solle alles aufgeben und auf unbestimmte Zeit ins Ausland gehen. Außerdem wurde mir nur ein gemeinsamer Geschäftsvertrag versprochen, ich kann ein Versprechen mit niemandem brechen.

Mama fragte noch einmal:

- Ist Ihr neuer Job so sicher, dass Sie ihnen vertrauen? Noch einmal, genau wie zuvor. Zeiten der Weisheit sind schwierig, meine Liebe, denken Sie sorgfältig nach.

Die Tante flehte ihn an:

- Ich bin ins Ausland gegangen und habe versucht, dort mehr zu lernen.

Die Mutter von Lys Bruder fügte ebenfalls viel hinzu, aber er bestand darauf, dass er den Kooperationsvertrag bereits unterzeichnet hatte.

Lys Mutter erzählte Ly, dass sie damals äußerst traurig über die respektlose Haltung ihres Sohnes war, der zwar erwachsen war, erwachsen geworden war und einen großen Körper hatte, aber ihrer Meinung nach immer noch naiv war und sich nicht an das Leben anpassen konnte Umstände rechtzeitig. Dies kann auch ein Hinweis darauf sein, dass es den Eltern damals nicht gelungen ist, ihre Kinder zu erziehen. Das Leben ist von Natur aus ein Kampf, verbunden mit sozialen Unsicherheiten.

Sie sagte, Lys Bruder habe sogar versucht zu argumentieren:

- Außerdem wurde mir gerade ein Geschäftsvertrag versprochen, ich kann mein Versprechen niemandem brechen.

Mama fragte noch einmal:

- Ist Ihr neuer Arbeitsplatz sicher, wenn Sie ihnen vertrauen? Genau wie zuvor ist es nur noch mehr Leid. Das sind schwierige Zeiten, mein Kind, denk sorgfältig nach.

Lys Mutter fuhr fort:

- Ihr Onkel und Ihre Tante Lan mussten ebenfalls sprechen, konnten ihren Bruder aber nicht überzeugen.

Die Tante flehte ihn an:

- Ich gehe ins Ausland und versuche dort mehr zu lernen.

Auch die Mutter von Lys Bruder fügte viel hinzu, er beharrte jedoch auf der Ausrede, dass er den Kooperationsvertrag bereits unterschrieben habe.

Also beschloss Lys Bruder, nicht ins Ausland zu gehen, egal wie viel ihm seine Eltern, Tanten und Onkel erklärten.

Schließlich wollte niemand die Lösung, Ly alleine ins Ausland gehen zu lassen.

Aber wenn sonst niemand im Haus ist, muss man es akzeptieren.

Tante Lan dachte ein paar Tage nach, bevor sie Lys Mutter kontaktierte.

Die Tante zögerte, als sie den Vorschlag machte:

- Oder so: Es ist in Ordnung, Ly ins Ausland gehen zu lassen.

Am Ende wurde Ly zur Lösung, um die Familie zu retten.

Der Himmel wurde völlig dunkel, als Lys Mutter aufhörte zu reden, um einen Schluck Wasser zu trinken.

Ly hatte Mitleid mit ihrer Mutter, also schniefte sie und weinte fast laut.

Schultern zittern. Lys Mutter fuhr fort, ihre Stimme so ruhig wie das Geräusch von Regen, der vor dem Krankenhaus fällt:

- Sogar mein Bruder...

Sie schmatzte mit dem Mund und seufzte tief.

Ly stand auf:

- Wie geht es ihm, Mutter?

Lys Mutter fuhr fort:

- Er hat auch Probleme bei seinem Filmjob.

Der Regen hörte plötzlich auf, der Raum wurde heller, Lys Mutter hörte auf zu reden und schuf einen stillen Raum im Raum.

- In der Filmgesellschaft wurde sein Vertrag gekündigt, sodass kein Teil von ihm mehr im Film zu sehen war.

- Es ist so elend, wie soll er funktionieren, Mama?

- Es ist wie verrückt, Baby.

Es muss Wochen her sein, seit er weder essen noch schlafen konnte. Dein Vater hat große Angst und deine Mutter hat das Gefühl, in Flammen zu stehen.

Von diesem Tag an hatte meine Mutter Angst, ihn etwas zu fragen, sondern betete nur im Stillen dafür, dass er weiterhin einen anderen Job hätte.

Zum Glück...

- Was meinst du mit dem Wort Glück, Mama?

Sie trank noch einmal einen Schluck Wasser, eine leichte Brise wehte ihr durch die Haare in der Stirn, Ly blickte ihre Mutter mitfühlend an. Ly dachte an die Zeit, als sie zu Hause war, als ihre Mutter ihr Haar gut pflegte und es mit einem duftenden Duft wusch. Auch Lys Mutter kämmt ihr Haar oft lange, um es glatt zu machen. Sie sagte oft, dass Haare für ein Mädchen sehr wichtig seien, um ihren Charme zu unterstreichen.

Doch jetzt ignoriert sie alles, um sich um ihre geliebten Kinder zu kümmern.

Plötzlich erinnerte sie sich an die Zeit, als sie alleine mit dem Zug von ihrem Haus zum Haiphong-Hafen fahren und von dort aus mit dem Schiff ins Ausland fahren musste. Die Reise dauerte fast zwei Monate und war voller Strapazen, die sie ertragen konnte.

Denken Sie an die Tage, als sie auf See seekrank wurde und zur Behandlung in ein Privatzimmer gebracht werden musste, weil ihr Magen nicht mitmachte, was sie wollte.

Es dauerte auch eine Woche, bis sie wieder normal essen und trinken konnte.

Die Krankenschwester im Zug, die sich Sorgen um sie machte, berührte sie sehr.

Dieses Mal war sie seekrank, daher war sie instabil und stürzte.

Hätte ihr die Krankenschwester nicht rechtzeitig geholfen, wäre sie gestürzt und mit dem Kopf an der harten Eisenwand des Zuges aufgeschlagen. Wenn so etwas passieren würde, würde sie es wahrscheinlich ihr ganzes Leben lang bereuen.

Als die Krankenschwester ihren Körper nehmen konnte, hatte sie keine Seele mehr. In diesem Moment schrie sie laut:

- Oh, ist das Ly, bitte hilf mir ins Zimmer. Mama ist so schnell gestorben. Mir ist so schwindelig.

Sie sprach, als wäre sie zu Hause, als wäre ihre geliebte Tochter Ly seit ihrer Kindheit immer bei ihr gewesen.

- Nein, ich bin es, Oma. Mein Name ist Tam, die Krankenschwester auf dem Schiff.

Dann erschrak sie und sagte unbeholfen zu der Krankenschwester namens Tam:

- Danke, bitte gib mir Tabletten gegen Seekrankheit. Ich möchte so sehr erbrechen, seit dem Morgen bis jetzt.

- Ja, Tam wird es dir sofort bringen. Er ging in sein Zimmer, um sich auszuruhen und die Müdigkeit zu lindern.

Dann brachte Schwester Tam ihr das Medikament und erklärte ihr sorgfältig, wie man es anwendet. Sie sagte ihr:

- Onkel, alte Leute leiden oft darunter. Früher waren Tams Eltern auf Bootsfahrten oft seekrank. Ich muss mich hinlegen und ausruhen, um mich weniger müde zu fühlen.

Dank der Krankenschwester Tam fühlte sie sich in den folgenden Tagen weniger einsam und verbrachte die Tage ihrer wunderbaren Reise oft mit Gesprächen.

Lys Mutter kritzelte schweigend und sagte sich:

- Wenn Sie Ihre Meinung ändern, müssen Sie dem Recht gehorchen.

Wenn Sie auf Schwierigkeiten stoßen, müssen Sie im Interesse des Friedens zwischen den Parteien die Einigung akzeptieren und angemessen damit umgehen. Sogar Lys Tante und Onkel Lan mussten die Reise annehmen, um die Hausarbeit reibungslos zu erledigen.

Dann fuhr sie mit monotoner Stimme fort:

- Glücklicherweise teilte er ein Drehbuch oder eine Geschichte mit, also sprang er zu einer anderen Stelle, um fortzufahren, nachdem er das Drehbuch ein wenig überarbeitet hatte.

- Ich habe gehört, dass soziale Geschichten über Chaos beliebt sein sollten.

Eigentlich ist es diesem Vater und Sohn zu verdanken, dass er dazu rät.

Wenn nicht, wehe ihm, nur weil die Menschen so viel Macht haben, dass sie es nicht tun können.

Ich muss nachdenklich noch einmal meinen Mann und meine Kinder erwähnen

Hier seufzte sie plötzlich. Denn auch ihr Mann ist sehr schwierig und stur. Er weigerte sich, sich von seinem Sohn besiegen zu lassen, musste dann aber nachgeben und seinem Sohn etwas beisteuern. Man sagt immer noch, die Kindererziehung bis 99 muss sich noch um alles kümmern und das nur wegen der Tränen. Meine Großeltern haben es mir erzählt.

Dann drehte sie sich um, um ihre Tochter zu trösten:

- Komm schon, wir müssen im Glauben und in der Hoffnung leben, mein Kind. Jeder weiß, dass das Leben niemals so sein wird, wie wir es uns wünschen, also müssen wir uns bemühen, wir müssen es für morgen versuchen, denn nach dem Winter wird es einen strahlenden Frühling geben.

Als Ly die Worte ihrer Mutter hörte, war sie überrascht. Warum war ihre Mutter heute so literarisch?

Dieser Gedanke brachte Ly plötzlich zum Lachen und brachte auch Lys Mutter zum Lachen.

Ly sagte zu ihrer Mutter:

- Ich mag den Frühling wirklich, Mama. Denn im Frühling blühen viele wunderschöne Blumen in allen Farben.

- Aber... Der Frühling ist schon da, Mama?

Lys Mutter lachte laut und blickte ihre Tochter voller Emotionen im faltigen Gesicht an.

- Es wäre toll, wenn mein Vater und mein Bruder jetzt hier wären.

Beim Gedanken an ihren Mann und ihre Kinder fühlte sich Lys Mutter unwohl.

Dann dachte sie an die Familie ihres Mannes, dachte an Herrn und Frau Lan, Lys Tante und Onkel, und fragte sich, ob ihre Berechnungen reibungslos verlaufen und wie geplant verlaufen würden?

Als sie an die Turbulenzen in ihrem Leben dachte, war sie traurig.

Jeder ist so. Wer möchte nicht einen guten Plan für sein Leben, seine Familie und seine Kinder haben? Aber es gibt auch Gott.

Der Erfolg eines jeden Plans wird vom grünen Mann, also vom Himmel, bestimmt.

Daher glaubte sie, dass die Verse in der berühmten Kieu-Geschichte des großen vietnamesischen Dichters Nguyen Du die Situation ihrer Mutter und Tochter deutlich zum Ausdruck brachten:

»Betrachte alle Dinge im Himmel.

Der Himmel wurde als Person geschaffen.

Zur Zimmerdecke gelangen. Zimmerdecke.

Die Messlatte muss hoch liegen, um die hohe Messlatte zu erreichen«

Von diesem Gedanken an fühlte sie sich sehr getröstet.

Wenn wir uns im Kreislauf der Schöpfung befinden, müssen wir akzeptieren, dass wir nur Karma für uns selbst geschaffen haben.

Lys Mutter dachte ständig über die Verse des Dichters Nguyen Cong Tru nach, eines Dichters mit einer Politik des Freizeitgenusses, die ihr Mann oft erwähnte, als wollte er sie daran erinnern, Höhen und Tiefen zu akzeptieren. Die Strömung des menschlichen Lebens. Ihr Mann erzählte ihr damals, als das Paar an einem Herbstabend zusammen Tee trank und plauderte:

- Nur wenn wir die Realität glücklich akzeptieren, können wir existieren, ohne verschwendet zu werden.

Dann las er ihr Nguyen Cong Trus Gedicht vor:

„Seien Sie in Ihrem nächsten Leben bitte kein Mensch."

Sei eine Kiefer, die mitten am Himmel steht und klingelt.

In der Mitte des Himmels gibt es steile Klippen.

Wer die Kälte aushält, wird mit den Kiefern klettern»

Diese Verse werden von ihrem Mann immer wieder wiederholt, sodass sie sich noch sehr gut daran erinnern kann.

Dann beriet er sie mit einem liebevollen Blick, die Augen ihres Mannes leuchteten, als schenkte er ihr Kraft im Leben:

- Lasst uns wie eine Kiefer sein, die trotz aller Widrigkeiten immer noch hoch in der Mitte des Himmels steht, Oma.

Als sie über die Worte ihres Mannes damals nachdachte, machte sie sich gleichzeitig Sorgen um ihn und beschuldigte ihn insgeheim, dass er im Leben nur aus Ehrgeiz Fehler machte.

Zu sagen, dass persönlicher Ehrgeiz nicht ganz richtig ist, aber dazu gehören auch Dinge, die die ganze Familie mit ihr und ihren Kindern betrifft.

Vielleicht waren es die Dinge, die die Familie drängten, aber auch eine Strafe für die Fehler in seinem Leben, für die sie auch mitverantwortlich war.

Sie dachte an ihre Jugend, als die beiden frisch verheiratet waren.

Er versprach ihr damals viel, vor allem die Sorge um das Familienglück, denn es ist für beide ein Zuhause, ein Glück ohne Grenzen.

Deshalb versuchen beide, Opfer füreinander zu bringen und vergessen dabei manchmal die Privatsphäre ihres unverheirateten Lebens.

Doch im Laufe der Jahre gingen auch die Einzelheiten des Lebens des Paares zu Ende.

Ihr Mann begann, getrennte Lebensrichtungen zu verfolgen.

Zeitweise sah man ihn stundenlang meditierend sitzen, dann wurde er auch ständig von der Hausarbeit abgelenkt.

Sie begann sich aufzuregen. Doch dann ließ das Leid sie stillschweigend akzeptieren und auch die Traurigkeit wuchs von Tag zu Tag.

Doch nun stand sie vor ihrer geliebten Tochter, von der sie so lange getrennt war.

Deshalb fühlt sie sich verpflichtet, eine Verantwortung zu schaffen

warme und liebevolle Atmosphäre heiliger mütterlicher Liebe.

- Als sie sich an ihre Tochter wandte, hatte sie das Gefühl, dass sie ihr nach vielen schwierigen und harten Tagen eine Freude bereiten musste.

Es geht ums Weggehen, um eine persönliche Liebe und so weiter und so weiter.

Ebenso wie das Bild ihres geliebten Mannes, der in letzter Zeit stets eng in ihre Fußstapfen getreten ist.

Sie blickte zu Ly mit Augen, die von der ewigen Liebe zwischen Mutter und Kind erfüllt waren.

Dann umarmten sich Mutter und Tochter im Dunkeln, aber das war nur ein Vorhang

Die Nacht des Frühlings kehrt zurück in ein Leben voller Hoffnung auf ein strahlendes Morgen.

Trường Hà (Vũ Duy Toại)

Pseudonym des Autors:

Echter Name von

Der Autor ist Vu Duy Toai.

Mit dem bestehenden Pseudonym lautet Truong Ha.

Unter dem Namen veröffentlichte der Autor Literatur- und Kunstbücher, Gedichtsammlung, Musiksammlung und Erzählungen

Trường Hà Vũ Toại

Ist der Frühling schon angekommen   138

Bereits veröffentlicht:

Lyrik (Gedichtsammlung) des gleichen Autors:

Die noch in mir bleibende Liebe

Erscheinungsjahr:

2020 in Vietnamesisch

2023 in Deutsch

Musiksammlung (Buch) 1, 2, 3, 4, 5

vom Autor inszeniert in Vietnamesisch.

Erscheinungsjahre: 2020, 2021, 2022, 2023.

Ist der Frühling schon angekommen

Erscheinungsjahr: 2020 in Vietnamesisch

Der Wiederaufbau des Lebens

Erscheinungsjahr: 2019 in Vietnamesisch

Ist der Frühling schon angekommen